AF185920

**Eva-Marie Baron**

# Die Gabe der Bergschamanen

Schritt für Schritt den tieferen
Sinn im Leben entdecken.

© 2019 Eva-Marie Baron

Autorin: Eva-Marie Baron
Umschlag, Illustration: Sonja Wambsganß M. A.

Lektorat, Korrektorat: Mihrican Özdem,
www.lektorat-oezdem.de

Verlag: Mango Medien Verlag
UG (haftungsbeschränkt), Landau in der Pfalz,
www.mango-medien.de

ISBN: 978-3-947080-03-8

# Inhaltsverzeichnis

Vorwort..........................................................7

Das ganze Glück der Erde..................................11

Wenn wir die Dunkelheit kennen, erkennen wir auch
das Licht......................................................19

Jeder Tag ist ein Geschenk................................27

Finde deine Bestimmung...................................31

Wer bist du alles?...........................................37

Wie ein Netz aus Fähigkeiten.............................43

Personen, Werkzeuge, Wissen oder Inspiration.............47

Die Bestimmung ist das Maß, die Welt zu verändern......51

Eine Handvoll Wünsche....................................57

Schritt für Schritt..........................................63

Die erhabene Schönheit der wilden Bergwölfe.............71

Wie man den Lauf der Zeit aufhebt.......................81

Das frohe Kind und der schwache Greis...................87

Die Rede für die Ewigkeit.................................91

Die Frau, die nicht ihrer Bestimmung folgte.................97

Der innere Mentorenrat....................................109

Mentoren finden, Mentor sein...........................113

Nachwort....................................................118

*Wenn es Fjodor, der gegen die Tradition seiner Familie rebelliert hat und mittellos vor ihr geflohen ist, gelingt, seinem Leben einen tieferen Sinn zu geben, warum sollte sich diese Möglichkeit nicht auch anderen erschließen ...*

# Vorwort

Für einen Autor ist es ein großes Kompliment, wenn seine Geschichten viele Leser finden. Ein noch viel größeres Kompliment ist es jedoch, wenn andere Schriftsteller an das anknüpfen, was man selbst erdacht hat. Mit der Fantasy-Buchreihe »Das Zepter von Vissalya« habe ich ein eigenes Universum entstehen lassen, mit eigenen Ländern, Fabelwesen, Völkern und einigen besonderen Personen, die den Lauf meiner Geschichten bestimmen.

Als meine Koautorin Eva-Marie mich fragte, ob sie einige ihrer Erzählungen und Anekdoten, die sie gern in einer Novelle zusammenfassen möchte, im Vissalya-Universum ansiedeln dürfte, war ich gleich begeistert. Das war für mich der Beweis, dass mein Gedankenkonstrukt, meine erfundene Welt, tatsächlich in sich stimmig ist, sogar so sehr, dass andere daran anknüpfen können.

Ganz der Idee des Community-driven-Book entsprechend, bei dem es darum geht, eine Story gemeinsam mit Lesern und Koautoren weiterzuentwickeln, also eine Art demokratischer Partizipation zu ermöglichen, ist »Die Gabe der Bergschamanen« eine Konkretisierung dieses Vorhabens.

Wir erhalten mit diesem Spin-off einen tieferen Einblick in die Weiterentwicklung von Fjodor, der einer der Hauptcharaktere in »Das Zepter von Vissalya« ist. Wir begleiten ihn bei seiner gemeinsamen Reise mit Jegor durch das Eis des Kemutikon Gebirges. Einzuordnen ist dieser Teil der Geschichte mitten im zweiten Band der Vissalya-Saga, im Winter des Jahres 199 nach Kano Sei, kurz bevor eine dramatische Wendung alles verändern wird.

Als ich die erste Fassung lesen durfte, war mir sofort klar, dass das, was hier in die Geschichte von Fjodor eingebettet wurde, den Vissalya-Fans zu einem besseren Verständnis dieses Charakters verhilft, wodurch die Ereignisse, die im vierten Band beschrieben werden, untermauert werden.

Was mich jedoch positiv überrascht hat, ist die Tatsache, dass »Die Gabe der Bergschamanen« auch für solche Leser funktioniert, die Vissalya (bisher) gar nicht kennen.

Neben dem eigentlichen belletristischen Lesevergnügen offenbart diese Geschichte einige – zum Teil überraschende – Einsichten und Lebensweisheiten, die den Leser anregen, eine neue Sichtweise auszuprobieren, und sogar dazu beitragen können, der eigenen Lebensplanung eine neue Richtung zu geben.

Ich danke Eva-Marie für diese Bereicherung der Vissalya-Saga, für ihr Vertrauen, dass mein Gedankenexperiment auch für ihre Geschichten tragfähig ist und für ihre Einblicke, in das was man in der Philosophie der Kano Sei eine »runde Seele« nennt. Kurz: Ein Buch, das einem – auch wenn es im eisigen Winter spielt – das Herz zu wärmen vermag.

J. D. Fischer

Er verspürte tiefe Dankbarkeit, die sein ganzes Selbst auszu- füllen schien und ihm ein Lächeln auf die Lippen trieb.

## Das ganze Glück der Erde

Fjodor hatte seine Satteltaschen fertig gepackt, als sie das Lager abgebrochen hatten. Endlich konnten sie ihre Habseligkeiten wieder auf zwei Pferde verteilen. Er setze einen Fuß in die Lederschlaufe, die als Steigbügel diente, wobei er einen stechenden Schmerz im Fuß verspürte, und schwang sich glücklich in den Sattel seines kleinen, stämmigen Pferdes. Noch nie war er so froh gewesen, ein Pferd reiten zu können, wie in diesem Moment. Er verspürte tiefe Dankbarkeit, die sein ganzes Selbst auszufüllen schien und ihm ein Lächeln auf die Lippen trieb.

Seit vielen Monden zog er nun schon mit Jegor, einem Schamanen der Berge, durch das Kemutikon Gebirge. Es war inzwischen Herbst geworden und ein strenger, eiskalter Winter stand ihnen bevor. Sie waren zu dritt. Jegor, der weise, erfahrene Fährtenleser und Medizinkundige, reiste mit seinem Neffen Fjodor, einem jungen, tatkräftigen Mann, der zusammen mit Marius, dem fünfjährigen Sohn seines verstorbenen Bruders, vor seiner rachsüchtigen und gewaltbereiten Familie geflohen war.

Fjodor schaute sich um, der Morgennebel war von der Sonne bereits aufgelöst worden, wodurch die grün-braunen Berge sowie das inzwischen gelb und rot gefärbte Laub der kargen Büsche und dünnen Bäume einen intensiven Kontrast zum blauen Himmel bildeten. Diese unbeschreibliche Schönheit war Fjodor zuvor kaum aufgefallen, ebenso wenig wie die klare, kalte Luft, die in seine Lungen strömte, ihn dabei mit Tatkraft und Frische erfüllte. Sie bewegten sich seit Wochen in etwa auf Höhe der Baumgrenze durch die östlichen Ausläufer der Kemutikon Gebirgskette.

Weiter die Berge hinauf waren nur noch blanke Felsen zu sehen, die teilweise golden im Sonnenlicht schimmerten, aber zum Teil bereits wieder mit frischem Schnee bedeckt waren. Während die Bergschamanen vom Frühjahr bis zum Herbst ununterbrochen durch die Berge zogen, mal allein, mal in kleinen Gruppen Gleichgesinnter und mal als Begleiter von Karawanen, sammelten sie Heilkräuter, Wurzeln und Moose. Die langen strengen Winter hier oben im Gebirge verbrachten sie jedoch meist in der Nähe von Siedlungen, kehrten im Haushalt einer Frau ein oder lebten im Zeltlager einer der Karawanen.

Jegor hatte entschieden, dass sie diese kalte Jahreszeit in der Nähe der Stadt Mirulon verbringen würden. Die Stadt gehörte zwar bereits zum Königreich Olurea, das Leben dort folgte anderen Regeln und Sitten als das der Gebirgsmänner, doch in einem Notfall, der in Begleitung eines kleinen Kindes jederzeit eintreten könnte, wären sie dort schnell in der Lage, Hilfe zu organisieren. Außerdem war der Kontakt zu anderen Gebirgsmännern noch zu gefährlich. Ihre Familie würde noch nach ihnen suchen, sie hätte bestimmt inzwischen auch andere Sippen der Gebirgsleute gegen die drei Flüchtigen aufgehetzt, wodurch sie bei ihrem eigenen Volk nirgendwo sicher sein konnten. Fjodor sehnte sich danach, ein friedvolles, glückliches Leben führen zu können, frei von Zwängen und einengenden Traditionen. Er wollte dem entfliehen, was er bei seiner Familie erlebt hatte: die düstere Macht, die durch alte Verpflichtungen und Gepflogenheiten das Leben seiner Brüder lenkte, ihnen jegliche Selbstbestimmtheit nahm, sodass sie nur noch schicksalsergeben ihren Frust mit Kräuterbrand betäubten.

Er hatte das unbestimmte Gefühl, dass es mehr geben musste, dass eine andere Lebensweise mehr Zufriedenheit bringen konnte. Wie er jetzt, hatte auch Jegor vor vielen Jahren den traditionellen Weg verlassen, um sich einer anderen Lehre zuzuwenden. In dieser Zeit des Lernens und Beobachtens hatte dieser letztendlich den Zugang zu einer alten Weisheit erlangt, von der er sich nun lenken ließ. Er nannte es die ›Weiße Gabe‹. Je mehr er Fjodor davon berichtet hatte, desto sehnsüchtiger fühlte dieser, dass dies auch für ihn der richtige Weg sein konnte. Dennoch nagten schwere Zweifel an ihm. Er konnte das, was er bisher erlebt und gelernt hatte, nicht ohne Weiteres hinter sich lassen. Es fiel ihm auch nach so vielen Monden immer noch schwer, sich auf die neue Lehre einzulassen. Stattdessen hinterfragte er alles, bezweifelte die Worte seines Lehrers und verlor jedes Mal die Geduld, wenn ihm eine Aufgabe aufgetragen wurde, bei der sich nicht sogleich ein Erfolg einstellen wollte. Während er daran verzweifelte, dass er keine Fortschritte machte, lächelte Jegor ihn nur aufmunternd an, in der tiefen Überzeugung, dass sich im Laufe der Zeit eine Änderung einstellen würde.

Vor wenigen Augenblicken hatte er begriffen, dass alles, was ihm in den letzten zehn Tagen widerfahren war, eine neue Prüfung, eine Herausforderung von Jegor gewesen war. Dieser hatte ihm bereits zuvor davon berichtet, dass eine aufrichtige Dankbarkeit der Schlüssel zur Erlangung der ›Weißen Gabe‹ war. Doch so sehr sich Fjodor auch bemühte, seine Zweifel hinderten ihn daran, diese tiefe Emotion wirklich zu empfinden.

Vor zehn Tagen war ohne ersichtlichen Grund sein Pferd durchgegangen, hatte ihn sowie einige Gepäckstücke abgeworfen und war mit den noch immer voll beladenen Satteltaschen davongalloppiert. Zuerst hatte er sich selbst schwere Vorwürfe gemacht, weil er davon ausgehen musste, dass er einen Fehler begangen hatte, der sein Pferd verschreckt hatte. Ein paar Tage später fand er alle möglichen anderen Ursachen für dieses Unglück, wodurch sich seine Schuldgefühle, wie so häufig bei den Gebirgsleuten, in Wut wandelten.

Nun hatten sie nur noch ein Pferd für drei Reiter und viel mehr Gepäck, als sie einem Pferd zusätzlich zumuten konnten. Also beschloss Jegor, dass sein Pferd von nun an nur noch das Gepäck und den leichtgewichtigen Marius tragen würde, während er selbst und Fjodor den Weg zu Fuß weiter fortsetzen mussten. In den ersten beiden Tagen verspürte Fjodor die starke Belastung seiner Muskeln, sodass er abends in einen regungslosen Schlaf fiel. In den folgenden Tagen wandelte sich die ungewohnte Anstrengung in tiefe Erschöpfung. Sie kamen nur langsam voran und mussten mit ihren Vorräten gut haushalten, da ein Teil ihrer Nahrungsreserven in den Satteltaschen des verschwundenen Pferdes verblieben waren. Dann kamen die Schmerzen in den Füßen hinzu. Zuerst hatte er sich unzählige Blasen gelaufen, die sich durch die weiter andauernde Belastung zu brennenden Wunden verschlimmerten. Von da an war jeder Schritt von einem stechenden Schmerz begleitet, eine Probe seines Willens und seines Durchhaltevermögens.

Jegors Füße waren ebenfalls inzwischen stark in Mitleidenschaft gezogen, doch von ihm war kein Laut des Wehklagens oder Jammerns zu hören. So beschloss auch Fjodor, seine Qualen für sich zu behalten. Wie betäubt setzte er den Weg fort, achtete darauf, spitze Steine oder Wurzeln zu meiden, wobei er seinen Blick kaum vom Boden hob.

Doch dann geschah etwas vollkommen Unerwartetes: Fjodor hörte das leise Schnauben eines Pferdes nicht weit von ihnen entfernt. Sofort war seine Aufmerksamkeit geweckt, er lauschte und sah sich forschend um. Eine Biegung um einen Felsvorsprung weiter eröffnete ihnen den Blick in das vor ihnen liegende Tal. Dort stand sein Pferd, noch immer die beladenen Satteltaschen auf dem Rücken, und graste unweit eines kleinen Baches auf einer kargen Wiese. Im ersten Moment glaubte Fjodor, einem Trugbild seiner Wunschvorstellung aufgesessen zu sein. Jegor sah es ebenfalls und erfasste schnell die Situation, er drückte seinem Schützling die Zügel des Pferdes mit Marius auf dem Rücken in die Hand, um sich dem wartenden Hengst zu nähern. Fjodor umschloss die Lederriemen fest mit vor Anspannung zitternden Händen. Er konnte das Glück kaum fassen, das zweite Reittier ihrer gemeinsamen Reise zurückzubekommen. Das würde alles ändern. Sie kämen mit zwei Pferden deutlich schneller zu ihrem Ziel, das quälende Laufen hätte ein Ende, sogar ihre Mahlzeiten wären von nun an wieder reichhaltiger.

Als das Pferd die näher kommende Person bemerkte, tänzelte es scheu, doch als es in Jegor einen Vertrauten erkannte, lief es zuerst vorsichtig, dann ganz entspannt auf ihn zu. Wie selbstverständlich nahm der Mann die Zügel auf, um das Pferd auf den Weg zu führen.

Ein breites Lächeln zeichnete sich auf seinem Gesicht ab, als sie zurück zu den wartenden Reisegefährten kamen. Anders als Fjodor wirkte sein Lehrer keineswegs überrascht. Noch immer war Fjodor von der Situation überrumpelt, doch langsam dämmerte bei ihm die Erkenntnis, dass es kein Zufall gewesen war, dass das Pferd gescheut hatte. Er wusste nicht, wie Jegor es dazu gebracht hatte, ihn abzuwerfen, doch er war sich sicher, dass es eine weitere Lektion für ihn sein sollte. Zu seiner eigenen Überraschung empfand er diesmal keinen Zorn. Im Laufe der vergangenen Tage hatte er jegliche Energie, die er zum Aufrechterhalten seiner Wut gebraucht hätte, in die Willenskraft investiert, mit der er Schritt für Schritt weitergelaufen war. Jetzt war die Wut restlos verflogen. Stattdessen stellte sich das ihm unbekannte Gefühl von Dankbarkeit ein.

Wieder andere brauchen sehr lange, um sich aus der eigenen Wut und Lethargie zu befreien. Bei ihnen müssen viele schlimme Dinge passieren, weil sie die kleinen Seitenhiebe nicht wahrnehmen.

Erst wenn sie endgültig an einem Abgrund stehen, erkennen sie die Dunkelheit. Einigen gelingt es, dadurch auch das Licht zu finden.

## Wenn wir die Dunkelheit kennen, erkennen wir auch das Licht

Im leichten Trab folgten die beiden Pferde den schmalen Bergpfaden, die sich serpentinenförmig am Hang entlangschlängelten und hinauf auf eine Anhöhe führten, bevor sie jenseits des Kamms in ebenso kurvenförmigen Schwüngen ins nächste Tal hinabführten. Sie zogen nach Nordwesten, dem milderen Klima von Olurea entgegen, sodass die kühler werdende Herbstluft sich mit der wärmeren Luft der Tiefebene mischte, wodurch die Temperaturen tagsüber noch sehr angenehm waren. Nachts hingegen benötigten sie ein wärmendes Lagerfeuer. Wenn ihr Weg sie durch kleine Waldabschnitte oder Dickichte führte, sammelten sie neben den Kräutern und Wurzeln für ihren medizinischen Vorrat, Brennholz, Zweige und Zunderpilze, denn in dieser sonst kargen Gegend konnte es passieren, dass sie abends nicht genügend Brennmaterial für ihr Feuer finden konnten.

An diesem Abend hatten sie ihr Lager an einem kleinen Bach aufgeschlagen, wie gewohnt die Pferde getränkt und versorgt, ihr Lagerfeuer entfacht, Wasser in einem kleinen Kessel gekocht, mit dem sie Kräutertee und eine würzige Wurzelsuppe zubereiteten. Jegor hatte in der Abenddämmerung einen Berghasen mit seiner kleinen Armbrust erlegt, der nun an einem Spieß über den Flammen grillte. Marius spielte mit einigen Steinen, die er aufgesammelt hatte, während Jegor aus Blättern und Wurzeln eine Paste rieb, die er auf moosgepolsterte Binden strich, um ihre Füße neu verbinden zu können. Da sie nun nicht mehr den ganzen Tag laufen mussten, würden die Wunden endlich beginnen zu heilen. Jegor sah Fjodor an, sofort breitete sich ein Grinsen auf seinem Gesicht aus: »Du lächelst in dich hinein, Fjodor. Es sieht so aus, als hätte sich dein Gemütszustand gewandelt.«

Fjodor wusste, dass sein Mentor über eine feine Beobachtungsgabe verfügte, vor der man nichts verstecken konnte. »Ich habe es gefühlt. Die Dankbarkeit, von der du mir erzählt hast. Ganz tief, bis sich ein warmes Kribbeln in meinem Bauch gebildet hat, das als Lachen herausgekommen ist«, er machte eine Pause, sah in die Flammen des wärmenden Feuers. Noch immer nahmen seine Sinne alles sehr intensiv wahr. Er bemerkte, wie fröhlich die Flammen gen Himmel strebten, während sie prickelnd die Luft nutzten, um das knackende und knisternde Holz zu verzehren. Dinge, die er nie zuvor beobachtet hatte. Er hatte bisher nur ein Lagerfeuer gesehen. »Es ist wundervoll: Alles ist so echt, so intensiv. Ich wünschte, ich könnte es festhalten; immer so sehen, hören und riechen wie jetzt. Es ist so, als wäre alles eins, und ich gehörte dazu.« Jegor sah ihm ernst in die Augen. »Du hast heute die ›Weiße Gabe‹ gefühlt, sie ist nun ein Teil von dir, und du wirst dich immer an diesen Moment erinnern können. Aber es ist schwer, die Gabe festzuhalten. Was glaubst du, warum hat es so lange gedauert, bis sich dir die Dankbarkeit offenbart hat?«

Fjodor dachte an seine vergeblichen Bemühungen zurück, Dankbarkeit zu fühlen. Es war ihm nicht möglich gewesen, unter die Oberfläche der Dinge zu sehen. Etwas hatte das geändert, etwas hatte ihn geändert. In Gedanken rief er sich die letzten Tage in Erinnerung. Der Verlust seines Pferdes, die Anstrengung des Wanderns, die Wut und zuletzt die Standhaftigkeit, nicht aufzugeben. Das war es gewesen, was ihn verändert hatte. Jegor sah ihn noch immer eindringlich, aber freundschaftlich an. Er erwiderte seinen klaren Blick, als er antwortete: »Es hat mich verändert, die Anstrengung ertragen zu müssen. In dem Moment, als mein Pferd wieder da war, die ganze Last und Sorge von mir gewichen war, konnte ich eine neue Reinheit und Leichtigkeit fühlen.« Jegor nickte und erwiderte: »Wenn wir die Dunkelheit kennen, erkennen wir auch das Licht.«

Beide schwiegen eine Weile, während Fjodor über diesen Gedanken nachsann. Wenn es stimmte, verbrachten die Menschen ihr Leben sozusagen in einem dämmrigen Nebel, sahen keine Schatten und keine Sonnenstrahlen. Nur wenn sich etwas ereignete, das sie die Dunkelheit erleben ließ, konnten sie hinterher auch das Licht erkennen, der Nebel lichtete sich und die Welt erschien klar und hell.

Erneut wallte die Wärme der inneren Dankbarkeit in ihm auf. Jegor, sein Lehrer, hatte ihm geholfen, ein Tal der

Dunkelheit zu durchqueren, damit er das Licht erkennen konnte. Er war selbst neben ihm gelaufen, hatte seine Füße geschunden, war ein gutes Vorbild gewesen, das ihn angespornt hatte, die Wut hinter sich zu lassen. So etwas hatte zuvor noch niemand freiwillig und ohne Eigennutz für ihn getan. Fjodor sah einen Moment lang in die Flammen, seine Augen waren feucht geworden, so überwältigt war er von seinen Empfindungen.

Als er wieder zu Jegor sah, bemerkte dieser das Glitzern in den Augen seines Schützlings: »Ich war nicht sicher, ob es funktionieren würde. Du warst sehr wütend, ein echter Gebirgsmann.« Jegor grinste zu ihm herüber, fuhr aber gleich fort: »Wut verschleiert den Blick fürs Wesentliche. Es gibt Männer, die ihr ganzes Leben fest von der Wut im Würgegriff gehalten werden. Nichts dringt zu ihnen durch. Du hast durch deinen Starrsinn meine Füße ganz schön zugrundegerichtet.« Als Fjodor den Blick vor Scham zu Boden richtete, fasste Jegor ihn an die Schulter, sodass er wieder aufblickte: »Es hat funktioniert, nur das zählt. Du hast eine wichtige Lektion gelernt. Das ist alles, worauf es ankommt. Es ist egal, was es uns gekostet hat oder wie lange es gedauert hat. Ich habe es gern für dich getan.« Plötzlich schoss Fjodor eine Frage in den Sinn: »Was wäre gewesen, wenn ich dich nicht als Lehrer gefunden hätte?«

»Es gibt viele Möglichkeiten, wie die ›Weiße Gabe‹ sich offenbart. Menschen, die einem begegnen, andere Zufälle, ein besonders schöner Sonnenaufgang, viele kleine Momente, die einen wach rütteln können. Doch wenn man sie nicht sieht, nicht darauf achtet oder nur verächtlich schnaubt, trotz der unendlichen Schönheit der Welt, kennt die Gabe auch andere Wege. Es gibt viele Möglichkeiten, Menschen in die Dunkelheit zu führen. Eine Verletzung oder Krankheit, ein Missgeschick, der Verlust eines geliebten Menschen. All das kann dazu führen, dass sich der Schleier lichtet.

Einige Menschen haben Glück, sie finden ihre Dankbarkeit schnell, vielleicht schon als Kind, und bewahren sie ein Leben lang. Andere müssen erst lernen, aus der Dunkelheit wieder ins Licht zu treten. Wieder andere brauchen sehr lange, um sich aus der eigenen Wut und Lethargie zu befreien. Bei ihnen müssen viele schlimme Dinge passieren, weil sie die kleinen Seitenhiebe nicht wahrnehmen. Erst wenn sie endgültig an einem Abgrund stehen, erkennen sie die Dunkelheit. Einigen gelingt es, dadurch auch das Licht zu finden. Andere verharren ihr ganzes Leben im Nebel oder geben sich der Dunkelheit hin. Es kommt darauf an.«

Jegor stand auf, um den Berghasen vom Feuer zu nehmen, einen Teil für Marius abzuschneiden, etwas auch für sich selbst in seine Schüssel zu füllen, um dann den Spieß an Fjodor weiterzugeben. Er fuhr fort: »Hast du einmal diese aufrichtige Dankbarkeit erfahren, kannst du sie immer wieder zurückholen. Ein guter Gedanke, der Blick in den klaren Himmel, die Beobachtung eines geschickten Tieres, das alles reicht aus, um die ›Weiße Gabe‹ wachzurufen.

Das heißt jedoch nicht, dass von nun an alles einfach für dich wird. Es kann dir jederzeit passieren, dass dir das Leben erneut Dunkelheit schickt, dich vor neue Herausforderungen stellt oder etwas geschieht, an dem du zu zerbrechen drohst. Dann liegt es an dir – und nur an dir – die ›Weiße Gabe‹ trotzdem zu hüten, auch in den dunkelsten Momenten noch Dankbarkeit zu empfinden. Nur durch Zuversicht und Beharrlichkeit kannst du die Gabe an dich binden. Vertraue darauf, dass auf jede Dunkelheit auch wieder ein Lichtstrahl erleuchtet. Das ist die eine Gefahr: die Dankbarkeit zu verlieren, weil die Dunkelheit übermächtig zu werden scheint.

Es gibt noch eine zweite Gefahr: das Vergessen. Wenn du dein Leben lebst, als wäre alles selbstverständlich, wird sich unmerklich der Nabel des Vergessens wieder breit machen. Du denkst immer seltener an die ›Weiße Gabe‹, übst dich nicht mehr regelmäßig darin, Dankbarkeit zu empfinden. Nach und nach wird es immer schwerer, die Gabe zurückzuholen, die Dankbarkeit ist nicht mehr intensiv. Irgendwann bist du zurück an dem Punkt, an dem du warst, bevor du angefangen hast, die Gabe zu suchen.«

»Danke«, in Fjodors Hals hatte sich ein Kloß gebildet, wodurch er nicht weitersprechen konnte. Mit diesen Worten hatte Jegor endlich die Frage beantwortet, die er ihm zu

Anfang ihrer gemeinsamen Reise gestellt hatte. Die Frage, wie er es geschafft hatte, trotz der schlimmen Ereignisse, die sich beim letzten Treffen mit seiner Familie zugetragen hatten, trotz des Todes von Danilo, die ›Weiße Gabe‹ zu bewahren. Er hatte nicht verstanden, warum Jegor nicht wütend geworden war, warum er nicht auf Rache sann. Sein Mentor hatte die ihm auferlegte Prüfung angenommen, hatte die Verbindung zu seiner Dankbarkeit trotz aller Zweifel und Unglück nicht aufgegeben. Er war erneut ein großes Vorbild, an dem er sich orientieren wollte.

Jegor riss ihn mit einer Frage aus seinen Gedanken: »Was meinst du damit?« Fjodor stocherte mit einem Stock in der Glut. »Ich habe gerade verstanden, warum du dich von den dunklen Mächten der Familie abwenden konntest. Warum du nicht zerbrochen bist, als das mit Danilo passiert ist. Ich danke dir dafür, dass du mir diesen Weg zeigen möchtest.«

Finde so viele Gründe für deinen Dank wie möglich. Versuche, dich hineinzufühlen, die Dankbarkeit tatsächlich in dir zu spüren. Du wirst überrascht sein, wie viele wundervolle Augenblicke dir widerfahren, Tag für Tag.

## Jeder Tag ist ein Geschenk

Es war inzwischen spät geworden, unzählige Sterne funkelten hoch oben am wolkenfreien Himmel. Die Luft hatte sich stark abgekühlt, doch in unmittelbarer Nähe des Feuers war es noch immer angenehm warm. Marius hatte sich seine Felldecke aus dem Gepäck geholt und sich eng an Fjodor gekuschelt, der seinen warmen Mantel aus Bärenfell trug. Gedankenverloren summte Fjodor leise alte Lieder aus dem Schattenwald, während er durch das weiche, dunkle Haar seines Neffen strich, der sich gelegentlich wohlig räkelte und sicher bald einschlafen würde.

Fjodor versuchte jeden Moment dieses magischen Abends in sich aufzusaugen, die Gerüche, die kühle Luft, die Wärme des Feuers, das beeindruckende Firmament, die wohlwollende, friedliche Gesellschaft seiner kleinen Familie. Er fühlte sich so glücklich wie seit langem nicht mehr.

Jegor begann bald darauf, das Lager für die Nacht vorzubereiten. Er verteilte die noch glühende Asche innerhalb des aus Steinen gelegten Rings ihres Lagerfeuers, schichtete noch einmal neue Holzscheite auf, die schnell durch die heiße Glut zu brennen begannen. Dann richtete er das Nachtlager für Marius, dann das für sich selbst. Bevor er sich hinlegte, machte er eine weitläufige Runde um ihre Lagerstätte herum, sah noch einmal nach der sicheren Unterbringung der Pferde, vergewisserte sich, dass keine unmittelbare Gefahr durch Fremde oder wilde Tiere drohte, erst dann kam er zurück.

Fjodor nutzte die Zeit, um Marius in sein Bettlager zu legen und auch seine eigenen Felle auszubreiten. Gerade als er es sich gemütlich gemacht hatte und sich auf die Seite gerollt hatte, kniete sich Jegor neben ihn, um ihm leise zuzuflüstern: »Das war heute ein besonderer Tag für dich. Ich möchte dir noch einen Rat geben. Mache es dir zur festen Gewohnheit, jeden Abend vor dem Einschlafen darüber nachzudenken, was der vergangene Tag dir geboten hat, für das du dankbar sein kannst.

Finde so viele Gründe für deinen Dank wie möglich. Versuche, dich hineinzufühlen, die Dankbarkeit tatsächlich in dir zu spüren. Du wirst überrascht sein, wie viele wundervolle Augenblicke dir widerfahren, Tag für Tag. Mache ein festes Ritual aus dieser Sammlung des Glücks. Es wird dir auch in dunklen Zeiten helfen, dich daran zu erinnern, was du geleistet hast und was dir geschenkt wurde.« Fjodor konnte nicht anders, er richtete sich halb auf und schlang beide Arme um Jegors Hals. Wie ein Kind schmiegte er sich an seine Schulter und hielt sich an ihm fest.

Der Schamane erwiderte freundschaftlich die Umarmung. Sie sahen sich noch einmal an, wie zwei treue Gefährten es taten, um ihre Verbundenheit auszudrücken, dann legten sie sich hin, um bis zum Einschlafen in die Sterne zu schauen. »Mein Junge, versuche mit dem Gefühl der Dankbarkeit nicht nur einzuschlafen, hole es dir auch gleich am Morgen als einen der ersten Gedanken zu dir zurück. Es gibt immer Gründe, um tiefe Zufriedenheit zu spüren. Solange du lebst und Luft zum Atmen hast, ist jeder neue Tag ein Geschenk.«

Es ist nun an der Zeit, dass du dich mit einer sehr wichtigen Frage beschäftigst. Was ist dein Ziel? Was möchtest du in deinem Leben erreichen?

## Finde deine Bestimmung

Die Tage wurden immer kürzer, die Nächte dafür länger und kälter. Vor drei Tagen hatte Jegor begonnen, nach einer geeigneten Stelle für ihr Winterlager Ausschau zu halten. Sie würden in der Zeit, in der Schnee und Eis das Wetter beherrschten, nicht weiter umherziehen. Stattdessen suchten sie einen Unterschlupf, der ihnen als Basis für ein Brennholzlager, Vorräte an Nüssen, Wurzeln und Kräutern dienen konnte. Von dort aus würden sie jeden Tag auf die Jagd gehen, unter dem Eis des zufrierenden Baches fischen, warten und hoffen, dass sie den Winter unbeschadet überstehen würden.

Es war der erste Winter für Marius und auch für Fjodor, den sie allein als Nomaden in den Bergen verbringen würden, so wie es die Tradition ihres Volkes seit jeher war. Im vergangenen Jahr hatten sie das Glück gehabt, dass Jegor als Schamane der Berge bei einer Karawane im westlichen Teil des Gebirges als Heilkundiger angeheuert worden war. Die Karawane war groß gewesen, sogar Frauen und eine Reihe von Kindern waren mitgereist. Die aus dem Brugau Land stammenden Familien hatten das nördliche Ende der Transitstrecke durch die Eiswüste als Ziel ihrer Reise auserkoren, ein kleiner, aber Gewinn versprechender Umschlagplatz für Waren aller Art, denn hier trafen die Siedler aus dem Schattenwald auf die Nomaden aus dem Kemutikon Gebirge.

Nun waren sie zu dritt und auf sich gestellt. Marius war noch klein, auf ihn mussten sie besonders Rücksicht nehmen. Fjodor war froh, dass er mit Jegor einen erfahrenen Begleiter an seiner Seite hatte, der bereitwillig sein Wissen mit ihm teilte. Bei allem, was sie taten und planten, erklärte er seinen beiden Schützlingen den Zweck seines Handelns und den besten Weg, um das gewünschte Ergebnis zu erzielen. Marius verstand vieles nicht genau, doch es machte ihm Spaß, in die Gespräche der Erwachsenen einbezogen zu werden. So wurde es nie langweilig und Fjodor baute sich, ohne es recht zu merken, einen großen Kenntnisstand auf, der ihm in der Zukunft dienlich sein würde.

Sie führten ihre Gespräche abends an den Lagerfeuern, die sie entfachten, auf dem Weg zu einem neuen Lagerplatz oder während sie leise in der Dämmerung in Deckung lagen, um zu jagen. Oder so wie jetzt, wenn sie am Ufer des noch nicht ganz zugefrorenen Gebirgsbaches saßen, um zu angeln.

Wenn Jegor keinen praktischen Ratschlag hatte, den er seinen jungen Begleitern vermitteln wollte, lenkte er immer wieder das Gespräch auf die ›Weiße Gabe‹.

So fragte er beinahe beiläufig: »Was willst du mit deinem Talent anfangen, Junge?« Dieser war so überrascht vom plötzlichen Themenwechsel, dass er verdutzt aufsah, um im Gesicht seines Mentors vielleicht eine Erklärung zu finden. »Fjodor, du bist wissbegierig, fleißig und lernst jeden Tag dazu. Bald gibt es nichts mehr, das ich dir noch beibringen könnte. Ich sehe dir außerdem an, dass du dich in der ›Weißen Gabe‹ übst. Du wirkst zufrieden, ruhst in dir selbst. Es ist nun an der Zeit, dass du dich mit einer sehr wichtigen Frage beschäftigst. Was ist dein Ziel? Was möchtest du in deinem Leben erreichen?«

Fjodor schwieg eine Weile, er war sich nicht sicher, was er von dieser merkwürdigen Frage halten sollte. Wie sollte er denn herausfinden, was er für ein Ziel verfolgen wollte? Bisher hatte er einfach das gemacht, was ihm aufgetragen worden war, oder, wenn es die Zeit erlaubt hatte, wozu er gerade Lust gehabt hatte. Dabei hatte er jedoch kein Ziel verfolgt, zumindest kein so großes. Er war sich sicher, dass auch viele der anderen Menschen, die er bisher kennengelernt hatte, nichts Bestimmtes zu erreichen versuchten. Jeder tat das, was notwendig war. »Warum ist es wichtig, ein Ziel zu finden?«, fragte er deshalb.

»Ein Ziel, das du dir selbst setzt, kann so etwas wie ein Leitstern sein«, erklärte Jegor. »Wenn man unterwegs ist, gibt es selten einen geraden, direkten Weg zum Reiseziel. Man muss Bäche und Flüsse überqueren, einen Berg umwandern, einem Sumpf ausweichen oder wird von einem Schneesturm aufgehalten. Manchmal schneit es so stark, dass man nichts mehr sehen kann und die Richtung verliert. Dann braucht man einen fixen Punkt, an dem man sich neu ausrichten kann.« »So wie den Oststern, an dem wir unsere Reiseroute ausrichten?«

Jegor nickte, »Genau, der Oststern ist unser Fixpunkt. Wenn du dir klar darüber wirst, auf welches Ziel du zuhältst, kannst du immer zurück auf deinen Weg finden. Das gilt für eine gewöhnliche Wanderung ebenso wie für dein ganzes Leben. Menschen, die nicht nach ihrer Bestimmung forschen, gehen mal in diese Richtung, mal in jene. Sie sind immer wieder überrascht, wohin sie der Weg bringt, den sie eingeschlagen haben, doch nicht selten kommen sie dabei kaum vom Fleck.«

Ein Fisch hatte an Jegors Angel angebissen, sodass er ihn schnell aus dem Wasser ziehen musste. Er nahm ihn vom Haken, legte ihn in die Kuhle zu den bereits gefangenen Artgenossen, versah die Angel mit einem neuen Köder, um sie gleich wieder auszuwerfen.

Erst dann fuhr er fort: »Wenn du deine ganz persönliche Bestimmung gefunden hast, fällt es dir leicht, dein Leben wieder daran auszurichten, auch wenn dich ein Schicksalsschlag vollkommen aus der Bahn geworfen hat. Einigen Menschen fällt es sehr leicht, ihre Bestimmung zu finden. Sie sind von klein auf tapfere Krieger, begnadete Sänger, Geschichtenerzähler oder gute Lehrer. Doch viele können mehrere Dinge gut, haben viele oder fast keine besonderen Interessen. Deshalb fällt es ihnen schwer zu erkennen, wofür sie eigentlich leben. Entweder nehmen sie sich die Zeit, um herauszufinden, was ihre Bestimmung ist, oder sie stellen sich dieser Frage einfach nicht. Deshalb schlage ich vor, dass du die Zeit in diesen kalten Tagen nutzt, um mehr über deine Talente zu erfahren.«

Wir sind nicht allein auf der Welt. Wie eine Spinne in ihrem Netz, sind wir durch unsichtbare Fäden mit anderen verbunden. Mit Menschen, die wir schon kennen, mit Tieren, mit der Natur an sich, vielleicht sogar mit Menschen, denen wir noch gar nicht begegnet sind.

Wenn du wissen möchtest, wer du bist, folge so vielen Fäden wie möglich, um herauszufinden, was dich mit dem Ende des jeweiligen Fadens verbindet.

## Wer bist du alles?

Am kommenden Tag hatte Jegor eine Höhle in einem Felsvorsprung entdeckt, die groß genug war, um ein Nachtlager für die Pferde und sie selbst zu bieten. Zu drei Seiten war sie von Felswänden umgeben, nach oben hin öffneten sie sich einen Spalt, wodurch Tageslicht hineinfiel und sie nachts ein Feuer machen konnten, dessen Rauch nach oben abziehen konnte. Vor der offenen Seite am Eingang boten mehrere kleinere Felsbrocken Schutz vor der Witterung oder ungebetenen Gästen. Es hatte bereits zu schneien begonnen, es war also höchste Zeit für sie, ihr Winterlager zu beziehen. Die Aufgabe in den kommenden Tagen sollte darin bestehen, Brennholz zu suchen, um es im Inneren der Höhle trocken zu lagern. Noch war genug Zeit, um tagsüber weitere Touren zu unternehmen, sodass sie mehrere umliegende Wälder nach geeigneten Ästen oder kleineren umgefallenen Bäumen absuchen konnten.

Auch über den Winter hinweg mussten sie immer wieder nach neuem Feuerholz suchen, denn nur die nächtlichen Flammen bewahrten sie vor dem sicheren Tod durch Erfrieren. Alles, was sie jetzt einsammeln konnten, würde sie über die Tage bringen, an denen sie wegen heftigen Schnee- und Eiswehen die Höhle nicht verlassen könnten.

Immer wenn sich die Gelegenheit zu jagen oder zu fischen bot, brachten sie mehr Nahrung mit, als sie im Moment verzehren konnten. Jegor verfügte über einen beträchtlichen Vorrat an Salz, sodass sie gesalzenes Fleisch sowie Fisch unter einer Lage Schnee gut in einer kühlen Ecke der Höhle aufbewahren konnten. Gesammelte Nüsse, getrocknete Beeren sowie Kräuter sollten ihre Mahlzeiten ergänzen und würzen.

Trotz der anstrengenden Arbeit bemerkte Fjodor, wie Jegor zunehmend entspannter wurde, desto besser ihre Höhle präpariert war.

An einem Abend, nachdem sie lange gejagt hatten und mit mehreren Schneehasen zurückgekehrt waren, fasste er den Mut, um seinen Mentor noch einmal auf die Aufgabe anzusprechen, die er ihm aufgetragen hatte. Bisher hatte Fjodor viele Abende vor dem Schlafen damit zugebracht, darüber nachzudenken, was seine Bestimmung sein sollte, war jedoch bisher zu keinem Schluss gekommen. Er brauchte offensichtlich weitere Anweisungen für seine Planung.

»Jegor, wie hast du herausgefunden, was deine Bestimmung sein soll?«, fragte er nachdenklich. Jegor sah zu ihm, mit dem gewohnten Lächeln auf den Lippen. »Ich habe sehr lange benötigt, um meinen eigenen Weg zu finden. Als ich jung war, gab es nicht viele andere Möglichkeiten für einen Gebirgsmann, als sich der traditionellen Ordnung der eigenen Familie zu unterwerfen. Lange Jahre hatte ich gehofft, von einer guten, gerechten Frau aufgenommen zu werden, eine Familie zu gründen. Doch es hat sich nie die Gelegenheit dazu ergeben. Erst viel später habe ich erkannt, dass meine besondere Gabe darin besteht, anderen zu helfen, gesund zu werden. Ich kann mich leicht in andere Menschen hineinversetzen, beobachte ihr Verhalten gut, außerdem bin ich gern in der Natur, sammle Pflanzen und Wurzeln. Ich bin sehr wissbegierig, freue mich darüber, fremde Kulturen kennenzulernen. All diese Fähigkeiten passen genau zu einem Schamanen der Berge. Dass ich keiner Familie angehöre, ist sogar von Vorteil für mich, auch wenn es mich viele Jahre lang belastet hat.

Ich hätte gern eigene Söhne gehabt. So wie es aussieht, hat die ›Weiße Gabe‹ andere Pläne mit mir gehabt. Ich bin ihr gefolgt, dann habe ich euch beide bekommen, Marius und dich. Das ist noch besser, als Söhne großziehen zu müssen, zumindest im Vergleich zu den Gebräuchen bei den Gebirgsleuten. Dann hätte ich meine Söhne zu Kämpfern ausbilden müssen, auch wenn es nicht ihrer Natur entsprochen hätte. Nun steht es mir frei zu entscheiden, was ich euch lehren möchte. Ich bringe euch viele Dinge bei, die wichtiger sind als die Traditionen.«

Fjodor dachte lange über diese aufrichtige und tiefgründige Erklärung nach, bevor er erwiderte: »Vielleicht sollte ich auch ein Bergschamane werden?« »Ist das eine Frage?«, wollte Jegor wissen, »Oder eine Antwort? Ich kann nicht für dich entscheiden, was du erreichen möchtest. Du solltest zuerst herausfinden, wer du alles bist.« »Was bedeutet ›wer ich alles bin‹?« Jegor holte tief Luft, so als müsste er einen Moment darüber nachdenken, wie er es erklären sollte.

»Wir sind nicht allein auf der Welt. Wie eine Spinne in ihrem Netz sind wir durch unsichtbare Fäden mit anderen verbunden. Mit Menschen, die wir schon kennen, mit Tieren, mit der Natur an sich, vielleicht sogar mit Menschen, denen wir noch gar nicht begegnet sind. Wenn du wissen möchtest, wer du bist, folge so vielen Fäden wie möglich, um herauszufinden, was dich mit dem Ende des jeweiligen Fadens verbindet.«

Fjodor war verwirrt und sein Gesichtsausdruck musste das widerspiegeln, denn ohne eine Antwort abzuwarten, fuhr der Schamane fort. »Schau, ich bin dein Mentor, du bist mein Schüler. Wir sind dadurch verbunden, dass wir unser Wissen teilen, dass wir eine Zeit lang zusammenleben. Selbst wenn du eines Tages ohne mich weiterziehst, wirst du häufig in deinen Gedanken meinen Rat erkennen. Ein Teil von dir wird mein Schüler bleiben.

Du bist auch ein Sohn. Der Sohn von Dunja, der Vorsteherin einer großen und mächtigen Familie. Durch sie bist du mit der Tradition der Gebirgsleute verbunden, ebenso wie mit deinen Brüdern. Du hast beschlossen, dein weiteres Leben nicht bei deiner Sippe zu verbringen. Trotzdem ist alles eng mit ihnen verwoben. Bei deinen Handlungen nimmst du Rücksicht darauf, dich von ihnen fernzuhalten, den Winter lieber in einer Höhle statt in einem Nomadenlager zu verbringen. Du bist also ein Schüler und ein Sohn. Mache dir Gedanken darüber, was du noch bist, dann wirst du herausfinden, was du damit anfangen möchtest. Vielleicht entdeckst du, dass es Interessen und Fähigkeiten gibt, denen du gern nachgehen möchtest, zu denen es bisher jedoch keine passenden Fäden gibt.«

Nun hatte Fjodor die Aufgabe richtig verstanden. Er wollte alle Fäden finden, die ihn mit anderen Teilen seines Netzes verbanden.

Aus den Beziehungen zu anderen und der Erforschung, warum diese Verbindungen bestehen, ergeben sich Rückschlüsse darauf, wie andere dich sehen.

## Wie ein Netz aus Fähigkeiten

Immer wieder kehrten Fjodors Gedanken zu dem Gespräch mit Jegor zurück, in dem er ihm von den Fäden im Netz der ›Weißen Gabe‹ berichtet hatte. Ihm waren viele weitere Verknüpfungen mit anderen Menschen eingefallen: Für Marius war er ein Vorbild und ein Beschützer. Der kleine Junge blickte zu ihm auf, eiferte ihm in allem nach. Dann gab es noch seine Brüder, alle älter und stärker als er. In ihren Augen war er ein nichtsnutziger Versager, der sich von der Tradition abgewandt hatte, vielleicht sogar noch schlimmer, ein Feind, der die Familie entzweit hatte, als er mit Marius davongeritten war.

Er dachte auch an Ulrika, Marius` Mutter, die Frau seines ältesten, bereits verstorbenen Bruders, bei der er einige Jahre seiner Kindheit verbracht hatte. Sie lebte mit ihrer Familie im Schattenwald, kannte die harte Tradition der Gebirgsleute nicht, war stattdessen aufrichtig, herzlich und liebevoll. Nie zuvor hatte Fjodor jemanden gekannt, der ihn so bedingungslos lieb gehabt hatte. Sie hatte ihm flehentlich die Sorge für ihr Baby übertragen. In ihren Augen war Fjodor trotz seines jungen Alters ein verantwortungsvoller Vaterersatz für Marius. Ebenso wie Jegor liebte Fjodor die Natur, den Reichtum an Pflanzen, schätzte die Heilwirkung der Kräuter und Wurzeln. Bevor er sich Jegor anschloss, war es Anders gewesen, der ihm Wissen über die Tiere und Gewächse beigebracht hatte, obwohl er eigentlich der Lehrer von Linus gewesen war, dem älteren Sohn von Ulrika. Es war weder seine Pflicht noch seine Aufgabe gewesen, dem fremdartigen Jungen, der mit den fremden Männern in das Haus gezogen war, zu fördern. Trotzdem hatte er es getan, auch er schien etwas in Fjodor bemerkt zu haben, das es wert gewesen war, zu unterstützen.

Wenn er sich mit den Menschen und den besonderen Beziehungen zu ihnen beschäftigte, fielen ihm Begriffe ein, die immer wieder eine Rolle zu spielen schienen: Vertrauen, Verlässlichkeit, Durchsetzungsvermögen – oder anders ausgedrückt: Starrsinn – Wissbegierde, Verantwortungsgefühl, Mut zu Veränderungen. Er war stark, sowohl körperlich als auch in Bezug auf seinen Willen.

Was sollte er mit diesen Erkenntnissen nun anfangen? Es wollte sich kein klares Bild davon einstellen, welche Rolle er in der Zukunft spielen wollte. Als er Jegor ein paar Tage später von seinen Überlegungen berichtete, schien dieser beinahe überrascht zu sein, wie tiefgründig diese Erkenntnisse waren.

»Das ist gut. Du bist mit deinen Überlegungen schon den nächsten Schritt gegangen. Aus den Beziehungen zu anderen und der Erforschung, warum diese Verbindungen bestehen, ergeben sich Rückschlüsse darauf, wie andere dich sehen. Aus dieser Erkenntnis kann man weitere Schlussfolgerungen auf die eigenen Charaktereigenschaften, Fähigkeiten und Talente ziehen. Lass uns ein Spiel spielen.«

Jegor schloss eine Hand zur Faust und streckte sie aus. Durch ein Kopfnicken, ermunterte er Fjodor dazu, es ihm nachzumachen. Dann erklärte er die Regeln. »Wir nennen abwechselnd Charaktereigenschaften, zum Beispiel: mutig, schlau, gerissen, faul, wissbegierig. Dann überlegen wir beide im Stillen, ob diese Eigenschaft auf den anderen zutrifft. Wenn du denkst, dass ich also mutig wäre, öffnest du die Hand und zeigst mir deine Handfläche. Wenn du hingegen denkst, dass die Eigenschaft nicht zu mir passt, wendest du den Handrücken zu mir.« Fjodor nickte zum Zeichen, dass er das Spiel verstanden hatte, dann begannen sie, Wörter zu nennen: Bei ›mutig‹ gaben beide dem anderen ein ja, bei ›schlau‹ und ›wissbegierig‹ ebenfalls, ›faul‹ traf auf keinen der beiden zu. Fjodor war überrascht, dass sein Mentor ihn darüber hinaus auch für gerissen hielt. Ihnen fielen noch eine ganze Reihe weiterer Eigenschaften ein, doch dann verfielen sie eine Weile in Schweigen, um über die zum Teil überraschenden Erkenntnisse nachzudenken.

Alle Eigenschaften und Fähigkeiten, die uns auszeichnen, entfalten ihren Wert nur, wenn wir sie mit anderen teilen. Nichts existiert in uns aus reinem Selbstzweck. Alles, was wir können und zu leisten imstande sind, ist verbunden mit Dingen außerhalb von uns.

## Personen, Werkzeuge, Wissen oder Inspiration

Jegor und Fjodor spielten dieses Spiel tagelang, wobei Marius immer munter dazwischenredete, auch wenn er die Regeln noch nicht verstanden hatte. Es machte ihm Spaß, an etwas teilhaben zu können, das die Erwachsenen untereinander spielten. Keiner der beiden hatte etwas dagegen einzuwenden, dass Marius Interesse zeigte: sie integrierten ihn in ihre Unterhaltung, so gut es ging.

Am Anfang hatte Fjodor gedacht, dass ihm höchstens zehn Eigenschaften in den Sinn kommen könnten, doch inzwischen hatten sie weit mehr als einhundert Begriffe gefunden und sich gegenseitig zugeschrieben. Manchmal nickten sie nur zustimmend, wenn die Einschätzung ihres Gegenübers sich mit der eigenen Wahrnehmung deckte. Bei anderen Wörtern jedoch entstanden zum Teil lange Gespräche, warum eine Eigenschaft passend oder unpassend zu sein schien. Beide lernten dabei nicht nur sehr viel über sich selbst und welche Wirkung sie auf andere hatten, ihre Freundschaft wurde durch diese intensive Auseinandersetzung mit der Persönlichkeit des anderen inniger und von großer Wertschätzung getragen.

Nachdem sie eine weitere Runde gespielt hatten und keine neuen Begriffe mehr gefunden hatten, lenkte Jegor das Gespräch in eine andere Richtung: »Erinnerst du dich an das Netz aus Fäden, durch das wir mit anderen verbunden sind?« Fjodor nickte eifrig, woraufhin sein Mentor fortfuhr. »Alle Eigenschaften und Fähigkeiten, die uns auszeichnen, entfalten ihren Wert nur, wenn wir sie mit anderen teilen. Nichts existiert in uns aus reinem Selbstzweck. Alles, was wir können und zu leisten imstande sind, ist verbunden mit Dingen außerhalb von uns: mit der Unterstützung anderer Personen, mit Werkzeugen, die wir einsetzen, mit der Erlangung von Wissen oder der Schöpfung aus Inspiration. Natürlich hat jeder einen Bezug zu all diesen Dingen. Meist bevorzugen wir allerdings einen Bereich. Es gibt Menschen, denen es Freude bereitet, anderen zu helfen, Kranke zu pflegen, Kinder großzuziehen. Sie haben einen Schwerpunkt bei den Personen. Andere arbeiten gern mit den Händen, hüten Tiere, bauen Getreide an, jagen. Wieder andere schöpfen Kraft aus eigenen Ideen, schaffen Geschichten, Kunstwerke oder regieren ein Land. Für sie ist die Inspiration maßgeblich. Und zuletzt gibt es diejenigen, die mit ihrem Wissen arbeiten, eine Armee anführen, Streit schlichten, Besitz verwalten, unterrichten oder Probleme lösen. Wenn du herausfinden kannst, was dich beflügelt, wirst du bald auch deine Bestimmung benennen können.«

Fjodor verstand, wie diese vier Bereiche voneinander abzugrenzen waren und wie sie ineinander übergingen, doch es fiel ihm schwer, sich selbst dort einzuordnen. Er überlegte, wie er seinen Lehrer einschätzen würde. Als Schamane der Berge war es seine Aufgabe, Menschen dabei zu helfen, gesund zu werden, sie zu heilen. Er begleitete verschiedene Karawanen viele Wochen lang, war dabei als Berater tätig. Sein Schwerpunkt war also leicht bei den Personen zu finden.

Er ließ Jegor an seinen Überlegungen teilhaben: »Es ist einfach, dich den Bereichen zuzuordnen, denn du hast dein Leben der Sorge um andere Personen verschrieben. Für mich ist das nicht so einfach.« Jegor erwiderte: »Deine Einschätzung ist sicherlich richtig, aber du hast eine wichtige Facette übersehen. Neben der Betreuung anderer Menschen spielt die Erlangung und Anwendung von Wissen, von medizinischen Kenntnissen eine große Rolle für mich. Außerdem interessieren mich fremde Kulturen, mich treibt die Neugier, wie andere die Welt verstehen. Ich bin noch immer auf der Suche nach einer Lebensweise, die friedlicher und harmonischer gestaltet ist als die kriegerische Tradition der Gebirgsleute. Nun bin ich zu deinem und Marius` Lehrer geworden, meine Aufgabe ist es, meine Kenntnisse an euch weiterzugeben. Für mich sind sowohl andere Personen als auch die Mehrung von Wissen ein Antrieb.

Deine Brüder hingegen haben sich der Anwendung von Werkzeugen verschrieben, sie jagen, kämpfen mit Waffen. In gewisser Weise sind sogar die Pferde, die sie reiten, ein Werkzeug, das einen hohen Stellenwert für sie hat. Inspiration, Wissen und andere Personen spielen fast keine Rolle für sie.« Fjodor stimmte zu, seine Brüder, wie vermutlich die meisten Gebirgsleute, waren einfach zu durchschauen.

Wenn du nach deiner Bestimmung suchst, ist der wichtigste Aspekt herauszufinden, was du zu dieser Welt beitragen kannst. Einige Menschen sind hier, um Dinge zu bewahren, andere, um etwas zu verändern. Die einen haben eine Gabe, Menschen zu begeistern oder zu unterhalten, andere wiederum zu trösten und zu heilen.

## Die Bestimmung ist das Maß, die Welt zu verändern

Die Höhle, die sie als Winterlager erkoren hatten, war inzwischen gut gefüllt mit Brennholz und Vorräten. Am Tag zuvor hatte sich Jegor damit abgemüht, lange Ranken der Stechbrombeere zu schneiden und ins Trockene zu tragen. Diese wehrhaften Gewächse gediehen sogar auf kahlem Felsen. Anders als die Brombeerpflanzen, die Fjodor aus dem Schattenwald kannte, die im Sommer leckere schwarze Früchte trugen, bildeten die Exemplare in den Bergen nur kleine, trockene Samenkapseln aus, die kein besonderes Aroma hatten. Zudem lohnte sich die Mühe nicht, die Früchte zu ernten, da die Ranken über und über mit langen, von Widerhaken bedeckten Dornen bestückt waren. Fjodor hatte keine Vorstellung davon, was Jegor mit den abgeschnittenen Ranken plante. Als Marius zu ihm gelaufen kam, um ihm zu helfen, schnitt er sich gleich seine zarte Hand an den kräftigen Dornen auf und weinte bitterlich. Auch die Hände, Arme und zum Teil das Gesicht von Jegor hatten üble Schrammen davongetragen, die unbedingt gereinigt und mit Salbe eingerieben werden mussten, wenn sie sich nicht entzünden sollten.

Fjodor fragte seinen Mentor nach dem Zweck der Dornenranken: »Wofür hast du dieses stachlige Gestrüpp in die Höhle gebracht?« Er entdeckte sofort die Sorgenfalte auf Jegors Stirn, als dieser mit einem Blick auf Marius antwortete: »Wollen wir hoffen, dass sie in diesem Winter nicht gebraucht werden.« Mehr war aus ihm nicht herauszubekommen, denn er kümmerte sich nun um den noch immer weinenden Jungen.

Es war bisher nicht oft vorgekommen, dass sein Mentor ihn mit einer so unzureichenden Erklärung abgespeist hatte. Auch wenn er sicher war, dass dieser seine Gründe dafür hatte, war er doch leicht beunruhigt. Sie legten sich früher als sonst Schlafen, sie würden alle von einer längeren Nacht profitieren.

Am nächsten Morgen wurden sie von einem eisigen Wind überrascht, der dicke Schneeflocken und Eishagel vor sich hertrieb. Fjodor war nur ein paar Schritte vor den Eingang der Höhle getreten, doch sobald er den Schutz der Felswände verlassen hatte, konnte er sich kaum auf den Beinen halten, so stark drückte der Wind ihn zur Seite. Die kleinen Eissplitter in diesem Schneesturm prasselten auf ihn ein wie Nadelstiche. Schnell kehrte er in den sicheren Schutz ihres Winterlagers zurück. Sie ließen den ganzen Tag über das Feuer brennen, um sich warmzuhalten, saßen beieinander und schauten in das Schneetreiben.

Statt einer Erklärung für die Aktion mit dem Stechbrombeer, lenkte Jegor an diesem Tag das Gespräch erneut auf die Aufgaben, die er seinem Schützling zur Erlangung der ›Weißen Gabe‹ gestellt hatte. »Nun ist ein guter Zeitpunkt gekommen, um dich mit deiner Bestimmung auseinanderzusetzen. Heute und vielleicht auch in den kommenden Tagen werden wir hier festsitzen. Es ist also genug Zeit, um intensiv nachzudenken.« Fjodor war gespannt, welche Aufgabe ihm nun aufgetragen werden sollte, und hörte weiter zu.

»Du hast in den letzten Wochen viel über dich herausgefunden. Du kennst deine Stärken, deine positiven und vielleicht auch einige schwierige Charaktereigenschaften. Du hast über deine Beziehung zu anderen Menschen nachgedacht und warum sie mit dir verbunden sind. Du hast auch verstanden, dass alles, was wir tun, nicht nur mit uns, sondern auch mit den Dingen um uns herum zusammenhängt. Nun ist deine Aufgabe, das alles zusammenzusetzen, denn daraus wird sich deine Bestimmung erschließen.« Fjodor hatte verstanden, worauf das alles hinauslaufen würde, doch er wusste nicht, wie er beginnen sollte.

Also fragte er nach: »Wie soll ich vorgehen, um aus diesen Einzelteilen eine Bestimmung festzulegen? Wie fange ich an?« »Wenn du nach deiner Bestimmung suchst, ist der wichtigste Aspekt herauszufinden, was du zu dieser Welt beitragen kannst. Einige Menschen sind hier, um Dinge zu bewahren, andere, um etwas zu verändern. Die einen haben eine Gabe, Menschen zu begeistern oder zu unterhalten, andere wiederum zu trösten und zu heilen. Es hängt ganz von deinen Talenten ab, in welche Richtung du gehen möchtest.

Bei der Festlegung der eigenen Bestimmung kann man mit einem einfachen Aufbau beginnen, in dem alle Teile enthalten sind. Meine Bestimmung zum Beispiel lautet: ›Ich möchte mit meinem Wissen, meinen Kenntnissen der Heilkunst und meiner Neugier anderen Menschen, die sich mir anvertrauen, helfen, sie gesund machen, ihnen einen Weg zur ›Weißen Gabe‹ zeigen und aus diesen Begegnungen neue Kraft schöpfen.‹ Darin drückt sich alles aus, was mich auszeichnet. Ein typischer Gebirgsmann würde vielleicht so formulieren: ›Ich setze meine Stärke und meinen Mut ein, um meine Sippe zu schützen und zu ernähren, indem ich bewaffnet auf dem Rücken meines Pferdes in den Kampf ziehe, um mir so den Respekt meiner Familie zu verdienen.‹ Wie du siehst, ist es immer die gleiche Struktur: ›Ich möchte etwas beitragen, um den Beziehungen, die ich pflege, durch meine besonderen Fähigkeiten zu einer neuen Qualität zu verhelfen, indem ich Personen, Werkzeuge, Wissen oder Inspiration berücksichtige, die meinem Talent entsprechen, um ein persönliches Ziel zu erreichen.‹ Kennst du die Einzelteile, kannst du eine oder mehrere Versionen deiner Bestimmung ganz leicht zu einem verständlichen Satz formen.«

Fjodor blies die Backen auf: es war gar nicht so einfach, das mit den richtigen Inhalten zu füllen. Er war noch jung, hatte bisher wenig Zeit gehabt, verschiedene Erfahrungen zu sammeln, die ihm die Auswahl seiner Wünsche erleichtern könnten. Es schien unendlich viele Möglichkeiten zu geben und doch waren die meisten schier unerreichbar für ihn. Jegor machte ihm Mut: »Lass dir Zeit. Niemand findet seine Bestimmung an einem Tag. Du hast den Rest deines Lebens, um immer wieder darüber nachzudenken, sie zu verfeinern oder zu verändern. Du selbst bestimmst, wie lange sie Gültigkeit haben soll. Ich habe meine Formulierung auch erst vor Kurzem erweitert, als ich Marius und dich aufgenommen habe. Zuvor war ich kein Mentor, es gab niemanden in meinem Leben, den ich hätte unterrichten können. Das ist nun anders, ich bin froh, dass ich dies noch meiner Bestimmung hinzufügen konnte. Wenn du einen Versuch unternommen hast, die richtigen Worte zu finden, lass den Satz in Ruhe auf dich wirken. Wenn es tatsächlich deine Bestimmung ist oder nah daran, wird sich die ›Weiße Gabe‹, so wie du es schon erlebt hast, durch tiefe Dankbarkeit und Freude zeigen. Der Gedanke an deine Bestimmung und deren Verwirklichung wird dich immer glücklich machen.«

Mach dir Gedanken dazu, wie daraus ein konkreter Plan entstehen kann, ein Ziel, das genau festgelegt ist. So wird aus einem schwachen Gedanken ein echtes Vorhaben.

# Eine Handvoll Wünsche

Der Eissturm dauerte vier Tage an. Eine lange Zeit im Empfinden eines Fünfjährigen, der in einer Höhle eingesperrt war. Marius verlor zunehmend die Geduld, seine Zeit mit Warten verbringen zu müssen. Er quengelte, wenn sich niemand mit ihm beschäftigte, da ihm selbst keine neuen Spielideen mehr einfallen wollten.

Fjodor war noch immer in Gedanken mit seiner Bestimmung beschäftigt. Durch seine verschiedenen kulturellen Wurzeln fiel es ihm schwer, alles zusammenzufassen, was ihn ausmachte. Die aktuelle Formulierung, die er am Morgen mit Jegor besprochen hatte, lautete folgendermaßen: »Ich möchte einen Weg finden, wie ich durch meine Neugier und Offenheit für die Menschen, die mir vertrauen, eine Brücke zu anderen Lebensweisen schlagen kann, damit wir leben können, ohne einander zu bekämpfen.« Jegor hatte genickt, aber dann doch einen Verbesserungsvorschlag eingebracht: »Versuche nicht, etwas in Worte zu fassen, was du vermeiden möchtest. Trage nicht die Vorstellung, dass etwas zu bekämpfen wäre, mit dir herum. Das wird dir keine Zufriedenheit bringen. Wie wäre es mit dem Ziel ›friedvoll miteinander leben zu können‹?« Das gefiel Fjodor sehr, er musste sofort lächeln, es fühlte sich gut an.

Endlich beruhigte sich der scharf blasende Wind etwas, sodass es möglich war, sich im Freien aufzuhalten, ohne von umherwirbelnden Eissplittern drangsaliert zu werden. Auch wenn der Schneefall noch nicht aufgehört hatte, der die Landschaft um ihre Höhle herum inzwischen in eine blendend weiße Hülle gewickelt hatte, wollte Jegor auf die Jagd gehen und sich dabei in der Umgebung etwas umsehen. Solange wie der Schamane fort war, wollte Fjodor sich die Zeit nehmen, um mit seinem kleinen Neffen draußen im sanften Schneetreiben zu spielen. Sie beide brauchten ein paar Stunden Abwechslung zu dem Dämmerlicht, in dem sie die letzten Tage verbracht hatten.

Jegor kehrte gegen Mittag zu ihnen zurück, gerade als sich die beiden vollkommen außer Atem, vom Schnee durchnässt, aber glücklich und lachend vor der Höhle in den Schnee fallengelassen hatten.

Jegor war erfolgreich gewesen, hatte drei Schneehasen erlegt und konnte berichten, dass es keine außergewöhnliche Bedrohung in der näheren Umgebung für sie gab. In einem Bündel auf dem Rücken hatte er viele kleinere und einige dickere Äste zusammengebunden, um den Vorrat an Brennholz aufzufüllen. Dann hatte er noch eine Überraschung mitgebracht. Aus seinem zugebundenen Fellmantel holte er etwas Weißes hervor. Im ersten Moment erkannten die beiden Jungen gar nicht, was es war. Doch Marius entdeckte gleich darauf, dass es lebendig war, denn es zappelte wild. Jegor hatte einen lebenden Schneehasen gefangen. Es war noch ein junges Tier, das sich geschwächt vom Hunger unter einem Stechbrombeerstrauch zusammengekauert hatte. Es war ein Geschenk für Marius und sollte ihm die Langeweile in den kommenden eisigen Tagen vertreiben. Bis der Frühling hereinbrechen würde, konnte der kleine Junge sich damit beschäftigen, den Schneehasen zu füttern, ihn zu behüten und liebzuhaben.

Fjodor dachte an das kleine Kaninchen zurück, mit dem er seinen Neffen im Schattenwald getröstet hatte, als er von Ulrika, seiner Mutter weggebracht worden war. Schon damals, als er noch viel kleiner gewesen war, konnte das kleine, pelzige Tier sein Gemüt beruhigen und erheitern.

Auch für Fjodor hatte sein Mentor etwas mitgebracht. Es waren fünf mittelgroße, weiße Kieselsteine, die er im Bach gefunden hatte. »Kieselsteine?«, mehr wusste er nicht zu diesem Geschenk zu sagen. Er verstand nicht, welchen Zweck die Steine erfüllen sollten, hatte jedoch die Vermutung, dass sie mit einer neuen Aufgabe zu tun hatten.

Jegor lächelte ihn an, als er zu erklären begann: »Aus seiner Bestimmung kann man Vorhaben ableiten. Welche Wünsche möchtest du in deinem Leben konkret verwirklichen? Schreibe für jeden Wunsch ein Wort auf einen Kieselstein. Mach dir Gedanken dazu, wie daraus ein konkreter Plan entstehen kann, ein Ziel, das genau festgelegt ist. So wird aus einem schwachen Gedanken ein echtes Vorhaben.

Nimm die Steine auf, fasse sie mit einer Hand, schätze ihr Gewicht ab, rufe dir jedes deiner Vorhaben in Erinnerung. Du solltest sie mit einer Hand halten können. Also sind drei, vier, fünf oder vielleicht sechs Vorhaben gleichzeitig möglich. Hat sich ein Wunsch erfüllt, kannst du den Stein ablegen und dafür einen neuen aufnehmen, wenn du möchtest. Trage die Steine immer bei dir, binde sie mit einer Schnur zu einer Kette zusammen, dann trage sie an deinen Gürtel, so denkst du jeden Tag an deine Vorhaben.

Im Laufe der Zeit können sich die Pläne ändern, deshalb kannst du jederzeit Steine durch neue ersetzen. Es ist nur wichtig, die Regel zu beachten, nicht mehr Vorhaben gleichzeitig zu verfolgen, als du Steine mit einer Hand aufnehmen kannst.

Wer keine konkreten Vorhaben plant, begibt sich nicht auf den Weg zu seiner Bestimmung. Wer jedoch zu viele mit sich herumträgt, verzettelt sich. Dann wiegen die Steine so schwer, dass sie einen aufhalten, statt zu beflügeln. Wenn du beide Hände benötigen würdest, um die Steine zu umfassen, hättest du keine Hand mehr frei, um sie zu wenden, sie dir vor Augen zu halten oder sie abzulegen. Es kommt, wie so oft, auf das richtige Maß an.

Sobald du deine Bestimmung gefunden hast, beginne die Steine mit Vorhaben zu markieren. Schau dir jedes Vorhaben auf jedem Stein genau an. Passt er zu deiner Bestimmung? Wenn ja, behalte ihn. Falls jedoch nicht ist es nicht dein Wunsch oder deine Bestimmung ist noch nicht präzise genug formuliert. Erst beide zusammen ergeben einen Plan für die Zukunft deines Lebens.«

Suche nach dem nächsten Schritt, der notwendig ist.

Wenn es eine schwere oder langwierige Aufgabe ist, teile sie in kleinere Einheiten ein.

Schritt für Schritt werden sich so deine Vorhaben realisieren lassen, dann gehen deine wichtigsten Wünsche in Erfüllung.

## Schritt für Schritt

Marius schien mit seinem Schneehasen glücklicher als je zuvor zu sein. Er wurde es nicht leid, das Tier zu beobachten, es in seinen kleinen Armen zu tragen, es zu streicheln oder es beim Schlafen zu betrachten. In den ersten Stunden war der Hase unruhig gewesen, hatte versucht, sich in der Höhle zu verstecken oder einen Ausgang zu finden. Doch bald schon hatte er sich an die ungewöhnliche Gesellschaft der Menschen und Pferde gewöhnt.

Jegor nutze die Zeit, in der genügend Licht durch die Felsspalten fiel, um ihre Vorräte und seine Heilmittel zu begutachten, zu zählen und ordentlich zu verstauen. Fjodor hatte derweil Gelegenheit, sich mit den Kieselsteinen und seinen Vorhaben zu befassen. Aus getrockneten langen Binsen hatte er schmale Zöpfe geflochten, sie in Wasser eingelegt, damit sie geschmeidig wurden, und diese zu einer dünnen, aber reißfesten Schnur gekordelt. Damit konnte er seine fünf Steine überkreuz umschlingen, verknoten und alle aneinanderbinden. Seine Hand war gerade groß genug, um alle Steine halten zu können.

Nun bestand seine Aufgabe darin, fünf sehnliche Wünsche zu finden, sie genau zu beschreiben und Vorhaben daraus zu formulieren. Die ersten drei waren schnell gefunden: Marius beschützen, von Jegor lernen und einen Weg finden, unabhängig von den Sitten der Gebirgsleute zu leben. Über die beiden noch offenen Wünsche dachte er lange nach. Es war ein wichtiges Anliegen für ihn, Linus eines Tages wiederzufinden, um ihn um Verzeihung bitten zu können. Vielleicht war zurzeit der fünfte Wunsch, ein noch besserer Jäger zu werden. Bevor er die Worte in die Steine ritzen und mit Kohlenstaub sichtbar machen wollte, hielt er Rücksprache mit Jegor. »Ich habe lange über meine Vorhaben nachgedacht, nun habe ich fünf Wünsche gefunden und sie genau beschrieben. Darf ich sie dir nennen?« Jegor, der noch immer mit dem Sortieren seiner Kräutersammlung beschäftigt gewesen war, murmelte nur zustimmend, ohne von seiner Arbeit aufzusehen. Das reichte aus, um Fjodor zu ermuntern, weiterzusprechen: »Erstens möchte ich Marius beschützen, zweitens möchte ich alles von dir lernen, drittens suche ich eine Möglichkeit, die Sitten der Gebirgsleute hinter mir zu lassen, dann möchte ich mich viertens bei Linus entschuldigen und zuletzt meine Fähigkeiten bei der Jagd verbessern.«

Jegor hatte augenblicklich aufgehört, sich um den Bestand seines Lagers zu kümmern, damit er genau zuhören konnte, was Fjodor dankend zur Kenntnis nahm.

Sein Mentor nickte nachdenklich, dann sagte er: »Deine Vorhaben sind gut gewählt, sie sind präzise formuliert, passen gut zu dir, will ich meinen. Ich möchte dir zwei Hinweise geben. Achte stets bei der Wahl der Worte darauf, dass sie dich beflügeln, etwas ins positive Licht rücken. Dein dritter Wunsch bezüglich der Lebensweise könnte noch eine positive Wendung gebrauchen. Deine ersten beiden Vorhaben beziehen sich auf konkrete Personen. Das ist zwar in Ordnung, es könnte aber geschehen, dass sich etwas verändert. Zum Beispiel, dass du dich einem anderen Mentor anschließt, weil ich dir nichts mehr beibringen kann.«

Jegor machte eine längere Pause, wirkte dabei sehr nachdenklich, erst dann fuhr er fort: »Erinnerst du dich an unsere erste Begegnung? Du kamst forsch auf deinem Pferd auf mich und meine Begleiter zugeritten, hast sogleich die Bitte vorgetragen, dass einer der Schamanen sich deinem Bruder Danilo annehmen sollte. In diesem Moment hat sich eines meiner Vorhaben gewandelt. Ich erkannte die Möglichkeit, einem Mitglied meiner Familie, die ich zuvor im Stich gelassen hatte, zu helfen. Mein Stein trug von da an den Namen ›Danilo heilen‹. Doch dann ist etwas passiert, was außerhalb meiner Macht lag, wir haben Danilo trotz aller Mühen verloren.

Zuerst dachte ich, mein Vorhaben sei gescheitert, es hat mir einen tiefen Stich ins Herz versetzt. Doch wenige Tage später bist du mit Marius bei mir aufgetaucht. Ich habe eine weitere Chance erhalten, Einfluss auf die Zukunft der Familie Dragov zu nehmen. Ich hätte nie erwartet, dass sich die Dinge so entwickeln. Doch nun kann ich deutlich mehr bewirken, als ich je gedacht hätte. Manchmal erkennt man den Weg nicht sofort, der ein Vorhaben zum Ziel führt. Sei darauf gefasst, dass sich auch deine Pläne ändern können.«

Sie aßen gemeinsam eine würzige Suppe mit Fleischresten des vergangenen Tages. Danach wollte sich Marius direkt zusammen mit seinem Schneehasen auf sein Schlaffell legen. Es war eine aufregende Zeit für ihn, er war erschöpft von den vielen neuen Eindrücken.

So hatten Jegor und Fjodor Gelegenheit, in Ruhe ihre Gespräche fortzusetzen. Fjodor ging nicht aus dem Kopf, was sein Mentor über Danilo gesagt hatte. Eine unbestimmte Angst stieg in ihm auf: »Was, wenn ich mich in falsche Vorhaben stürze, viel Zeit und Kraft in Dinge investiere, die später scheitern. Vielleicht bleibt mir dann nicht mehr genug Stärke, um meine Bestimmung zu erfüllen.«

Jegor nickte nachdenklich, dann erwiderte er: »Hast du Angst? Beinahe jeder verspürt Furcht vor den eigenen Entscheidungen, die er treffen muss. Man grübelt: ›Wenn ich den einen Weg gehe, kann ich nicht herausfinden, wohin der andere mich geführt hätte.‹ Ich glaube, es kommt nicht darauf an, in seinem Leben möglichst viele Vorhaben abzuarbeiten, bevor die Kräfte schwinden. Sogar ein sehr kurzes Leben kann erfüllend sein, wenn die Zeit, die zur Verfügung steht, mit Dingen gefüllt ist, die der jeweiligen Person entsprechen, die sie glücklich und dankbar machen. Hab ein wenig Geduld mit dir, dann wirst du lernen zu unterscheiden, wann es sinnvoll ist, etwas zu tun, und wann man es nur geschehen lassen kann.«

Mehr wollte Jegor nicht zu diesem Thema sagen, denn er hatte eine neue Aufgabe, die er erklären wollte: »Wenn man seine Wunschsteine beschriftet hat, kann man beginnen, für jedes Vorhaben einen kleinen Schritt zur Realisierung zu gehen. Jeden Tag solltest du mindestens an einem deiner Vorhaben arbeiten. Suche nach dem nächsten Schritt, der notwendig ist. Wenn es eine schwere oder langwierige Aufgabe ist, teile sie in kleinere Einheiten ein. Schritt für Schritt werden sich so deine Vorhaben realisieren lassen, dann gehen deine wichtigsten Wünsche in Erfüllung. Lass dich nicht entmutigen, wenn es nur langsam vorwärtsgeht.

Nimm zum Beispiel das Vorhaben, besser Jagen zu können. Du kannst an deinen Fähigkeiten arbeiten, üben, mit dem Bogen oder der Armbrust zu schießen. Du kannst auch deine handwerklichen Fertigkeiten verfeinern, indem du bessere Pfeile herstellst. Du kannst überlegen, welche Waffen du einsetzen oder welche Fallen du bauen könntest. Bringe alle Schritte, die dir einfallen, in die richtige Reihenfolge, dann beginne mit dem ersten Schritt.«

Fjodor überlegte, wie er vorgehen wollte. Für seine ersten beiden sowie das letzte Vorhaben war es leicht, mit einem kleinen Schritt zu beginnen, denn eigentlich war er schon mitten in der Umsetzung seiner Pläne. Linus zu finden, war für ihn zurzeit unmöglich, das würde warten müssen, bis der Winter vorbei war, vielleicht sogar noch länger. Was die Änderung der Lebensweise anging, blieb ihm im Moment nichts anderes übrig, als aus seinen Erfahrungen bei Jegor soviel wie möglich mitzunehmen, seine Erinnerungen an die Jahre bei Ulrika im Schattenwald lebendig zu halten und sich schließlich vorzunehmen, bei Fremden, denen er noch begegnen sollte, so offen wie möglich zu beobachten und zu verstehen.

Sein Plan für den kommenden Tag war also zunächst zu lernen, wie man gute Pfeile präparieren konnte.

Weder Angst noch Wut helfen dir jetzt weiter. Unterscheide, wann Zeit zum Handeln ist und wann du nichts ausrichten kannst, egal was du tust. Wir haben alle Vorkehrungen getroffen, die uns möglich waren.

Nun müssen wir abwarten, was passieren wird.

# Die erhabene Schönheit der wilden Bergwölfe

In der Nacht wurden sie von einem lang anhaltenden, ohrenbetäubenden Heulen aus dem Schlaf gerissen. Jegor war sofort aufgesprungen, hatte eine Fackel am Lagerfeuer entzündet, um in der Dunkelheit vor der Höhle etwas sehen zu können. Er trat hinaus in die kalte Nachtluft, kam jedoch nach wenigen Augenblicken wieder zurück, blass und mit großer Anspannung.

Spätestens beim zweiten Aufheulen, das nun sehr nah klang, war auch bei Fjodor jegliche Müdigkeit verschwunden. »Wilde Bergwölfe, sie müssen unser Essen gewittert haben«, flüsterte Jegor, der sogleich begann, die stacheligen Stechbrombeerranken an den Höhleneingang zu zerren. Ohne zu zögern, packte Fjodor mit an, schnitt sich dabei die Hände und Arme auf, beachtete die Wunden jedoch gar nicht. Ein paar Kratzer waren im Vergleich zu einem Angriff der großen, kräftigen Bergwölfe mit den starken, langen Fangzähnen nicht der Rede wert. Anders als die Drahtwölfe im Schattenwald, die vergleichsweise klein waren und als Einzelgänger lebten, traten die hochgewachsenen Bergwölfe in großen Rudeln auf. Gemeinsam gingen sie auf die Jagd nach Futter und schreckten instinktiv auch nicht davor zurück, einzelne Wölfe im Kampf zu verlieren, wenn dadurch das Überleben der Gruppe sichergestellt werden konnte.

Durch den Eissturm waren die Bergwölfe vermutlich stark ausgehungert, Beute ließ sich im Winter im Gebirge nur selten aufspüren. Sie vermochten Spuren über große Entfernungen zu wittern, waren beharrlich, bis sie ihren Hunger gestillt hatten.

Die Kälte war nicht die einzige Gefahr in diesem Winter, das wurde Fjodor nun schlagartig klar. Jegor hatte mit den Stechbrombeerzweigen für eine Möglichkeit gesorgt, den Höhlenzugang zu verbarrikadieren. Doch wie lange würden sich diese Bestien dadurch abhalten lassen? Jeder junge Wolf hatte sicherlich schon einmal Bekanntschaft mit den scharfen Dornen gemacht. Doch hier ging es für alle Beteiligten ums Überleben der Familie, für Wölfe wie Menschen gleichermaßen.

In Fjodor stieg Panik auf. Sie hatten kaum Möglichkeiten, sich zu verteidigen. Wenn die Ranken durchbrochen würden, gäbe es weder eine Fluchtmöglichkeit noch geeignete Waffen für einen Kampf gegen die Wölfe. Jegor, der ihn trotz aller Hektik die ganze Zeit im Auge behalten haben musste, kam beim ersten Anzeichen der überwältigenden Todesangst, die sich bei seinem jungen Begleiter zeigte, direkt zu ihm, rüttelte ihn an den Schultern und rief: »Fjodor, es ist noch nichts entschieden. Wir haben Optionen. Du hast schon mit wilden Tieren gekämpft. Schau dir die Kette an deinem Hals an, dort hängen die Krallen des von dir erlegten Bären. Du bist ein guter Kämpfer. Im Moment sind wir hier in Sicherheit, es wird eine ganze Weile dauern, bis die Bergwölfe so ungeduldig werden, dass sie durch die Dornen brechen. Bis dahin werden wir unsere Möglichkeiten ausloten. Die Sache mit dem Bären ist gar keine schlechte Idee …«

Fjodor holte tief Luft, seine Neugier war geweckt, was hatte der von ihm erlegte Bär mit dieser Situation zu tun? Während sein Mentor die Armbrust holte, bemerkte er, dass Marius mit weit aufgerissenen Augen auf seinem Fell saß, er verstand nicht, was vor sich ging. Als er sich zu seinem Neffen setzte, um nun ihn zu beruhigen, beobachtete er, wie Jegor durch die dornigen Zweige hindurch auf das schwächste Mitglied des Wolfsrudels zielte und das Tier mit einigen Bolzen so verletzte, dass es aus mehreren Wunden blutete. »Nun ist es ein Kampf Raubtier gegen Raubtier. Wir werden nicht aufgeben, du hast recht«, sagte Fjodor, der einen Funken seines Mutes wiedergefunden hatte.

Jegor lächelte trotz der Anspannung verschmitzt, als er sagte: »Ich habe die Spielregeln geändert, bald wird es drei Arten von Raubtieren hier in diesem Kampf geben.« Er setzte sich zu ihnen in die Nähe des Feuers und beobachtete das Geschehen außerhalb der Höhle. »Schau dir die erhabene Schönheit der wilden Bergwölfe an. Majestätische Kämpfer, die füreinander einstehen, bereit, bis zum letzten Atemzug alles zu geben. Genieße den Moment Fjodor, so etwas wirst du nicht häufig zu sehen bekommen.« Wie konnte sein Lehrer über die Schönheit der Bestien reden, die sie jeden Moment in Stücke reißen konnten, dachte Fjodor, und Wut in ihm auf.

Am liebsten wäre er hinausgerannt, um zu kämpfen. Ihm hätte ein Messer, ähnlich wie das, mit dem er auch den Bären erlegt hatte, als Waffe ausgereicht. Er funkelte Jegor wütend an, wodurch dieser veranlasst wurde zu beschwichtigen: »Weder Angst noch Wut helfen dir jetzt weiter. Unterscheide, wann Zeit zum Handeln ist und wann du nichts ausrichten kannst, egal was du tust. Wir haben alle Vorkehrungen getroffen, die uns möglich waren. Nun müssen wir abwarten, was passieren wird. Ich habe vor ein paar Tagen jenseits des Baches im Schnee Spuren eines Schneebären entdeckt. Der alte Wolf, den ich verletzt habe, blutet. Vielleicht nimmt der Bär die Witterung auf, auch er wird hungrig sein. Während die Wölfe und der Schneebär kämpfen, sitzen wir hier in der Höhle und müssen nur warten, wer siegt und wer verliert. Wir sind dann längst nicht mehr so appetitlich, wie es jetzt noch den Anschein hat.«

Fjodor versuchte, das Zittern, das seinen ganzen Körper zum Beben bringen wollte, zu unterdrücken, doch nur sehr langsam wich die Todesangst von ihm. Ein Teil von ihm wusste, dass er nichts weiter ausrichten konnte, doch der andere Teil hatte nicht die Geduld, einfach abzuwarten. Die nächsten Stunden zogen sich in seiner Wahrnehmung wie viele Tage hin. Ganz langsam, ohne dass er es richtig bemerkte, wurde er ruhiger, aufmerksamer. Er fing an, die Bergwölfe genau zu studieren, ihr Verhalten zu beobachten. Sie wirkten gelassen, schienen sich ihrer eigenen Stärke bewusst zu sein, gleichzeitig trieb sie der Hunger, machte sie ebenso ungeduldig wie ihn.

Dann endlich, es war bereits fast Mittag, wurde ihre Aufmerksamkeit auf etwas gelenkt, das sich ihnen von Westen her nährte. Jegor sollte Recht behalten: Ein gewaltiger Schneebär war der Witterung des Wolfblutes gefolgt. Nach einer vorsichtigen Annäherung aneinander, bei der sowohl die Wölfe wie auch der Bär Lautstärke, Größe und Kraft zu demonstrieren versuchten, griff einer der stärkeren Bergwölfe den gigantischen Schneebären an, weitere folgten seinem Beispiel.

Ohne Mühe schüttelte der Schneebär vier Wölfe ab, während er sich aufrichtete und fürchterlich brüllte. Sogleich griffen sechs weitere Wölfe an, zerbissen und zerkratzten das nahezu undurchdringliche Winterfell des mächtigen Angreifers. Dieser schlug mit seinen riesigen Klauen wild um sich, einzelne Wölfe flogen wimmernd durch die Luft. Doch kaum hatte der Bär einen abgeschüttelt, sprangen zwei neue auf ihn zu. Diesem Treiben zuzusehen, war schauerlich und spannend zugleich. Mal sah es aus, als gewänne das Wolfsrudel die Oberhand, mal als wäre es hoffnungslos unterlegen.

Es hatte wieder begonnen, heftig zu schneien, die Sicht wurde in der hereinbrechenden Abenddämmerung immer schlechter. Bald war von dem noch immer andauernden

Kampf zwischen dem Bären und den Wölfen kaum noch etwas zu erkennen.

Fjodor musste von der Anspannung und dem langen Warten so müde geworden sein, dass er eingeschlafen war. Als er aufwachte, lag er zusammengesunken am Lagerfeuer, Marius noch immer in den Armen haltend. Er sah zum Eingang der Höhle hinüber, an dessen Seite Jegor Wache gehalten hatte. Es schneite nicht mehr, sodass die ersten roten Sonnenstrahlen des hereinbrechenden Morgens den neuen Schnee zum Glitzern brachten. Vorsichtig drehte er Marius zur Seite, damit er aufstehen konnte, ohne den Jungen aufzuwecken. Er rappelte sich auf, dann ging er leise zu Jegor herüber.

Der Raubtierkampf war zu Ende. Der neu gefallene Schnee vermochte nicht die blutigen Spuren des vergangenen Tages zu verdecken. Vor der Höhle sah Fjodor mehrere Kadaver von Wölfen liegen, weswegen er zuerst annahm, der Schneebär hätte gewonnen, doch dann erblickte er den unglaublich großen, bis zur Unkenntlichkeit zerfleischten Körper des Bären. Die Bergwölfe waren letztlich in einer zu großen Überzahl gewesen.

»Die Wölfe sind erst mit dem Morgenrot verschwunden. Sie haben die ganze Nacht gebraucht, um ihren Hunger am Fleisch des Bären zu stillen. Es wird nicht mehr viel von ihm übrig sein, das wir verwerten können. Ihre getöteten Artgenossen haben sie nicht angerührt. Wir werden den ganzen Tag brauchen, um sie auszunehmen und die Überreste fortzuschaffen. Wir dürfen nicht riskieren, dass weitere Raubtiere angelockt werden.«

Jegor sollte Recht behalten: Sie waren fast bis zum Sonnenuntergang damit beschäftigt, die getöteten Tiere zu zerlegen. Alles, was sich nach der alten Tradition der Gebirgsjäger noch verwerten ließ, brachten sie zur Höhle: Felle, Fleisch sowie einige Innereien, Klauen und Zähne als Trophäen, sogar einige Knochen des Schneebären hatten sie geborgen, um Waffen und Pfeilspitzen daraus schnitzen zu können. Die nicht zu verwertenden Überreste hatten sie hinunter zum Bach gebracht. Am gegenüberliegenden Ufer konnten sich die Nachtkrähen und andere Aasfresser noch an den Resten laben, weit genug entfernt, um sie nicht zur Höhle zu locken.

Das Wasser im Bach, mit dem sich Jegor und Fjodor das Blut von Armen, Beinen und aus dem Gesicht wuschen, war eiskalt. So waren beide froh, als sie sich zurück in ihrem Winterlager von den Anstrengungen in der Kälte erholen konnten. Marius hatte ihnen am Vormittag einige Stunden zugesehen, da er jedoch nicht viel helfen konnte, war ihm bald langweilig geworden, sodass er zu seinem Schneehasen in die Höhle zurückgekehrt war. An diesem Abend war niemandem zum Reden zumute.

Am kommenden Tag jedoch nutzten sie die Gelegenheit, um die aufregenden Ereignisse zu besprechen, während sie damit begonnen hatten, die neuen Felle aufzuspannen, um sie zu trocknen. Fjodor begann das Gespräch mit einer Frage, die ihm nicht aus dem Kopf ging: »Als die Bergwölfe gestern aufgetaucht sind, hatte ich Angst um unser Leben, doch du schienst vollkommen beherrscht und ruhig zu sein. Wie ist so etwas möglich?«

Jegor nickte, so als hätte er die Frage bereits erwartet. »Ich habe dir einiges an Lebenserfahrung voraus. Ich habe damit gerechnet, dass früher oder später hungrige Raubtiere bei uns auftauchen könnten. Deswegen war ich nicht sonderlich überrascht und wusste gleich, was zu tun ist. Wir waren vorbereitet, weil ich vorausschauend geplant hatte. Wenn man so viele Möglichkeiten wie es nur geht, im Vorfeld durchdenkt, hat man auch für unwahrscheinliche Fälle bereits einen Lösungsansatz parat. Das gilt für gefährliche Situationen wie diese, ebenso wie für die Einschätzung eines Menschen. Kannst du dich gut in eine andere Person hineinversetzen? Spiele viele verschiedene Gedankengänge und Entscheidungen aus der Sicht anderer durch. So vorbereitet, wird man nur selten von den Reaktionen anderer Menschen überrascht. Tatsächlich hat es bisher nur Dunja geschafft, meine kühnsten Gedankenspiele zu übertreffen. Hat man in Gedanken eine Situation bereits erkundet, ist es leicht, alles Nötige zu tun, dann hat die lähmende Angst nur geringe Chancen, die Oberhand zu erlangen.

Wie ich dir schon erklärt habe: Handle, wenn es möglich ist, zu handeln. Wenn alles getan ist, bleibt einem nichts weiter, als abzuwarten. Es ist sinnlos, sich in Angst,

Zweifel und Ungeduld zu verlieren. Selbst wenn die Berg-wölfe uns attackiert hätten, selbst wenn wir gestorben wä-ren, wir konnten nichts weiter tun, um es zu verhindern. Warum hätte ich mir dieses unglaublich spannende, inten-sive Erlebnis, die Begegnung mit einem großen, mächtigen Bergwolfsrudel, durch Angst entgehen lassen sollen? Die vergangene Nacht ist etwas, von dem wir noch in vielen Jahren Geschichten erzählen werden.«

Er ließ seine Worte ein wenig wirken, dann ergänzte er: »Wenn man seine Bestimmung kennt und vielleicht schon einige seiner Vorhaben realisiert hat, stellt sich nach und nach das Gefühl ein, bereits etwas in seinem Leben er-reicht zu haben. Der Gedanke an den eigenen Tod verliert etwas von seinem Schrecken.«

Geburt und Tod, beides sind Teile eines Ganzen. Wer seine Bestimmung kennt und danach sein Leben ausrichtet, kann leichter sein eigenes Ende annehmen.

Wer sich hingegen selbst verleugnet, empfindet Angst vor dem Tod. In solch besonderen Momenten wird einigen Menschen bewusst, wie viel Zeit sie bereits vergeudet haben, ohne etwas zu erreichen, das ihnen wirklich ein Herzenswunsch ist.

# Wie man den Lauf der Zeit aufhebt

»Hast du gar keine Angst vor dem Tod?«, platzte Fjodor unvermittelt heraus, als sie gedankenverloren am zugefrorenen Bach saßen und durch ein Loch, das sie in die dicke Eisschicht gemeißelt hatten, angelten. Ebenso überraschend wie die Frage, war die Antwort: »Nein.«

Nach einer Weile, in der sie schweigend nebeneinander gesessen hatten, begann Jegor dann doch mit einer ausführlicheren Erklärung: »Du warst bei dem Besuch in der Grabstadt Kemu vor vielen Monden dabei. Erinnerst du dich daran, was diese besondere Atmosphäre mit uns gemacht hat? Die hohen Steilwände des engen Tals, die allgemeine Ruhe, durchbrochen von mystischen Klängen, die seltsam riechenden Rauchschwaden und das Gebot, sich still zu verhalten – all das hat dazu beigetragen, dass wir uns sehr deutlich unserer Sterblichkeit bewusst wurden. Die Ehrerbietung für die Toten sowie das Gedenken an die zuletzt Verstorbenen lässt Emotionen in uns aufwallen, die zum einen mit dem Verlust geliebter, geachteter Menschen zu tun haben, aber auch die Furcht vor dem Ende des eigenen Lebens wecken. Wir können daraus lernen, dass das Sterben von Anfang an zu unserem Leben dazugehört. Geburt und Tod, beides sind Teile eines Ganzen. Wer seine Bestimmung kennt und danach sein Leben ausrichtet, kann leichter sein eigenes Ende annehmen. Wer sich hingegen selbst verleugnet, empfindet Angst vor dem

Tod. In solch besonderen Momenten wird einigen Menschen bewusst, wie viel Zeit sie bereits vergeudet haben, ohne etwas zu erreichen, das ihnen wirklich ein Herzenswunsch ist.« Jegor ließ Fjodor eine Zeit lang mit seinen Gedanken allein.

Erst als sie genügend Fische gefangen hatten, nahm er auf dem Weg zurück zum Lager das Gespräch noch einmal auf. »In meinen Jahren als Schamane der Berge gehörte es bereits öfter zu meinen Aufgaben, Menschen in den letzten Tagen ihres Lebens zu begleiten. Vielen ist es eine große Hilfe, wenn man ernsthafte Gespräche mit ihnen führt. Das erleichtert das Abschließen mit dem Leben und die Verarbeitung noch offener Bedürfnisse. Sehr häufig durchlaufen die Sterbenden eine Phase des Bedauerns. Ihnen wird schmerzlich bewusst, was sie verpasst, nicht zu Ende gebracht oder überhaupt nicht angefangen haben. Manchmal sind es Konflikte mit Personen aus der eigenen Sippe oder eine nie ausgesprochene Liebe. Herausforderungen und Talente, die nie ausgeschöpft werden konnten. Viele haben in so einer Situation das Gefühl, dass ihr Leben, vollgestopft mit Nebensächlichkeiten, einfach durch sie durchgeflossen sei. Diejenigen hingegen, die einige ihrer sehnlichsten Vorhaben in die Tat umgesetzt hatten, konnten voll Stolz davon berichten. Ihnen kam es nur zum Teil so vor, als wäre das Leben unerfüllt und ohne Sinn verflossen. Ich für meinen Teil habe bereits viele meiner Vorhaben durchführen können. Für mich überwiegt der Stolz auf bereits vollendete Taten, die Wehmut noch offener Wünsche. Deshalb kann ich heute sagen, dass der Tod keinen besonderen Schrecken für mich hat.«

Fjodor hatte viel über diese tiefgründigen Ausführungen nachgedacht. Ein Mann, der bereits viele Lebensjahre hinter sich gebracht hatte, mochte vermutlich leichter zu dem Schluss kommen, dass es sich gelohnt hatte, als ein junger Mann, der noch vieles zu erreichen hoffte. »Wie kann ich an den Punkt gelangen, diese Gelassenheit für die Entwicklung der Zukunft und das Ende meines Lebens zu erlangen? Mir erschließt sich kein Weg.«

»Plane das Leben vom Ende aus«, erwiderte Jegor schlicht, wodurch Fjodors Gesichtsausdruck nur noch fragender wurde. Also erklärte der Schamane: »Stell dir vor, du wärst bereits ein alter, weiser Greis und blickst auf dein erfülltes Leben zurück. Was hättest du tun müssen, um später als alter Mann darauf stolz sein zu können? Was wären die Herausforderungen in der Mitte des Lebens gewesen? Was hieltest du für den Lebensabschnitt für sinnvoll, in dem man eine eigene Familie gründet? Welche Voraussetzungen dafür hättest du als junger Mann treffen müssen? Wenn du dein Leben vom Ende aus betrachtest und Schritt für Schritt zurückschaust, kommst du bald an den Punkt, der deine nahe Zukunft betrifft.

Wenn du beispielsweise als reicher Mann alt werden möchtest, musst du in den späten Jahren gute Geschäfte machen, um das vorhandene Vermögen weiter zu mehren.

Dafür ist es notwendig, in den mittleren Lebensjahren ein erfolgreiches Geschäft aufzubauen, um mit vielen einflussreichen Menschen Handel zu treiben oder einen Nutzen auf andere Art und Weise anzubieten. Dazu wiederum ist es sinnvoll, in früheren Jahren wichtige Kontakte aufgebaut und sich für ein geeignetes Fachgebiet entschieden zu haben: Will man Geld mit Fischerei, Waffenbau oder Dichtkunst verdienen? Letztendlich muss man dann als ein junger Mann einen gewissen Grad an Bildung und Kultiviertheit erlangt haben, damit man von anderen Handeltreibenden akzeptiert werden würde. Der erste Schritt wäre also, viel zu lernen, um ein interessanter, vielseitig gebildeter Mann zu werden.«

Fjodor war nicht sicher, ob er den wahren Kern dieser Worte erfasst hatte, und fragte: »Aber wie kann ich die vielen verschiedenen Möglichkeiten überblicken?« »Es geht nicht darum, einen festen, unumstößlichen Plan für den Rest des Lebens zu finden. Dieses Gedankenspiel, vom Ende aus zurückzudenken, kann und sollte man regelmäßig spielen. Bei jeder wichtigen Entscheidung kann man in Gedanken in die ferne Zukunft wandern, um herauszufinden, welche Konsequenzen es für einen mit sich bringen würde. Soll man dem Ruf einer Frau folgen, um sich ihrer Familie anzuschließen, oder allein auf Wanderschaft gehen, um Heiler zu werden? Beides führt zu sehr unterschiedlichen Lebenswegen. So betrachtet kommt man mit ganz anderen Ergebnissen am Lebensende an. Auf welches

Leben wäre man eher stolz? Was würde einen mehr glücklich machen? Entscheide für dich selbst und an jedem Wendepunkt aufs Neue. In gewisser Weise kann man dadurch den Lauf der Zeit aufheben. Die Ereignisse folgen nicht mehr eines auf das andere, sondern der gesamte Lebensplan ist stets präsent.«

Dieser Tag ist Winter und Frühling zugleich. Trotz des Schnees und der Kälte im Boden, trotz der Kürze der Tage, verspüren wir die Wärme und Leichtigkeit des bald kommenden Frühlings.

Es ist so, als wäre man gleichzeitig ein munteres, unbeschwertes Kind und ein weiser, aber schwacher Greis.

# Das frohe Kind und der schwache Greis

Wie so häufig mitten im eisigen Winter, gab es einige Tage, die durch langen Sonnenschein und klare Luft an die Milde des noch weit entfernten Frühlings erinnerten. Voller Vorfreude und gleichzeitiger Wehmut, weil er wusste, dass es noch viele Wochen dauerte, bis der Schnee tatsächlich schmelzen würde, ließ sich Fjodor die Sonne ins Gesicht scheinen. Marius gluckste vor Lachen, da auch er diesen freundlichen Tag und das Spielen im Freien sichtlich genoss. Jegor, der mit ihnen zur Jagd aufbrechen wollte und das Gepäck dafür vorbereitet hatte, trat ebenfalls aus der Höhle heraus, um sich ein wenig zu seinen Schützlingen zu gesellen. Es war ein guter Tag, um den Pferden etwas Bewegung zu verschaffen. Ein Ausflug mit größerer Distanz zu ihrem Lager, als es in den letzten Wochen möglich gewesen war, wäre für sie drei eine gute Abwechslung. »Dieser Tag ist ein gutes Beispiel dafür, was es bedeutet, wenn man das Leben als ein großes Ganzes wahrnimmt, bei dem Vergangenheit und Zukunft gleichzeitig präsent sind.«

Für Fjodor war auch nach so langer Zeit des Lernens bei Jegor längst nicht jede seiner Aussagen verständlich. »Was hat das Wetter mit der Erkenntnis über das Leben zu tun? Ich sehe den Zusammenhang nicht«, fragte er neugierig nach.

Am Blick seines Mentors erkannte er, dass dieser durch seine geheimnisvollen Worte nur seine Aufmerksamkeit und seinen Forscherdrang wecken wollte, dann hatte er sofort eine Antwort parat: »Dieser Tag ist Winter und Frühling zugleich. Trotz des Schnees und der Kälte im Boden, trotz der Kürze der Tage, verspüren wir die Wärme und Leichtigkeit des bald kommenden Frühlings. Es ist so, als wäre man gleichzeitig ein munteres, unbeschwertes Kind und ein weiser, aber schwacher Greis. Dieses Empfinden ist etwas Besonderes und nur wenigen Menschen vorbehalten.

Die meisten nehmen den Lauf des Lebens, die Abfolge der Ereignisse, wie eine Wegstrecke wahr, die nur in eine Richtung führt. Sie beginnen als unschuldiges, fröhliches Kind. Sie beenden ihr Leben als gebrechlicher, vielleicht sogar trauriger, alter Mensch. In all der Zeit, die dazwischen liegt, verlieren sie mehr und mehr die Eigenschaften des Kindes, dafür nähern sie sich immer mehr dem schwachen Greis an. Die Leichtigkeit der Jugend wird als Schwäche und Unwissenheit davon geschoben. Tatsächlich erleben sich viele dadurch selbst wie zwei getrennte Persönlichkeiten, das frohe Kind und der schwache Greis, die jedoch nie gleichzeitig existieren können. Von ihnen hört man Aussagen wie: ›Ach, wäre ich schon älter und weiser, dann lägen nicht mehr so viele schwierige Entscheidungen vor mir‹ oder aber ›Es ist schade, dass ich nicht mehr so intensiv fühle, wie als Kind. Damals war alles so leicht und einfach‹.

Wenn du mich nach einem Rat fragst, sage ich dir: Halte das Kind in dir lebendig und profitiere so früh wie möglich von der Weisheit des Greises. Wie das gelingen kann, habe ich dir bereits erklärt: Befrage den weisen Greis bei allen Entscheidungen. Befrage aber genauso das kleine Kind. Lass beide Seiten zu jederzeit etwas zu deiner Persönlichkeit beitragen. So kannst du viele Gründe entdecken, für die du dankbar sein kannst. Das Kind in dir kann die Sonnenstrahlen genießen, liebt den vorbeifliegenden Schmetterling und den süßen Geschmack der Beeren. Der alte Mensch findet eher Gefallen an einem netten Wort eines Fremden, an der Klugheit einer Idee oder an einer Zeit des geduldigen Erwartens. Das alles ist wertvoll, es macht dich vollständig. So ist es egal, wie alt du gerade tatsächlich bist. Es ist auch unwichtig, ob dein Leben kurz oder lang andauert.«

Es wird Tage geben, an denen du viel an deinen Vorhaben arbeiten konntest, und Tage, die durch und durch mit anderen Pflichten verplant waren.

Achte genau darauf, dass das Maß stimmt. Beides sollte in einem guten Gleichgewicht sein, Pflichterfüllung sowie die Umsetzung der eigenen Wünsche.

# Die Rede für die Ewigkeit

Auf die wenigen sonnigen Wintertage folgten dunkle, wolkenverhangene Tage, die dauerhaft von leichtem Schneefall begleitet wurden. Im Gegensatz zu den fröhlichen Stunden unter blauem Himmel in der strahlenden Sonne drückte diese dunkle Zeit sehr auf das Gemüt von Fjodor. Auch Marius war quengeliger als zuvor.

Es kostete beinah Überwindung, auch jetzt Gründe zu suchen, warum man dankbar sein konnte. Das stimmte den jungen Mann sehr nachdenklich. Er hatte in diesem Winter intensiv an sich und seinen Überzeugungen gearbeitet, viele neue Erkenntnisse erlangt und jeden Tag etwas dazugelernt. Er war noch mitten im Lernprozess, sich um die ›Weiße Gabe‹ zu bemühen, trotzdem fiel es ihm bereits schwer, täglich an den neuen Gewohnheiten festzuhalten.

Wie sollte er in der Lage sein, über viele Jahre hin durch turbulente, besonders gute oder besonders schreckliche Zeiten hindurch diese besonders tiefe Dankbarkeit zu bewahren?

Da ihm selbst keine sinnvolle Lösung einfallen wollte, beschloss er, Jegor zu fragen: »Wofür bist du an Tagen wie diesem dankbar?« Jegor sah kurz von seiner Arbeit mit den aufgespannten Tierfellen auf, als er beiläufig sagte: »Es gibt immer etwas, für das man danken kann. Mit der Zeit wirst du lernen, dass es sogar möglich ist, unangenehme

Dinge zu genießen, weil man weiß, dass dadurch die schönen Erlebnisse um so mehr strahlen können. An Tagen, an denen ich müde und niedergeschlagen bin, versuche ich, das Gefühl von Wehmut auszukosten oder ich ziehe mich zurück, um die Stille zu genießen. Alles hat seinen Reiz, wenn man nur bereit ist, ihn zu erkennen. Es lässt sich ohnehin nichts erzwingen oder beschleunigen. Der Winter dauert solange, wie er eben dauert.«

Obwohl Fjodor erkannte, dass der Rat seines Mentors weise war, wurde er beinah ungeduldig: »Aber das hilft mir jetzt nicht weiter. Was, wenn ich nichts finden kann, das mich mit Dankbarkeit erfüllt? Was, wenn ich vergesse, was es bedeutet, die ›Weiße Gabe‹ zu nutzen? Fast mein ganzes Leben liegt noch vor mir, wie soll ich für so lange Zeit an den Gewohnheiten festhalten, wie soll ich meine Gefühle lebendig halten?«

Jegor musste erkannt haben, dass eine kurze Antwort hier nicht reichte. Die Sorge, die sich hinter den Fragen verbarg, war nicht nur eine Laune aufgrund des schlechten Wetters. Also nahm er sich die Zeit für ein ernsthaftes Gespräch: »Wenn ein Mitglied der Sippe stirbt, ist es die Pflicht des männlichen Familienoberhauptes zur nächsten ›Zählung der Toten‹ in die Grabstadt Kemu zu reisen. Nach Beendigung dieses alten Rituals wird er dort die ›Rede für die Ewigkeit‹ halten.

Darin wird das Leben des Verstorbenen resümiert, die guten Taten und der Charakter beschreiben. Die dort gesprochenen Worte sollen die Toten begleiten in das, was nach dem Leben auf sie wartet. Ihnen kommt also ein gewisser ritueller Stellenwert zu. Damit die ›Rede für die Ewigkeit‹ gut und zutreffend wird, ist es die Aufgabe des Redners, in den Wochen zuvor mit vielen Familienmitgliedern zu sprechen, sie nach ihren Erinnerungen und Gefühlen für den Toten zu befragen. So bekommt er über seine eigene Sichtweise hinaus ein besseres Gesamtbild von der Person, die er beschreiben soll. Also sind viele daran beteiligt, die Rede vorzubereiten. Sie alle befassen sich mit dem Gedenken an den verlorenen Menschen. Dadurch festigt sich das Bild, das sie in Erinnerung behalten werden.

Die meisten Menschen denken zu Lebzeiten nicht darüber nach, was über sie in dieser Gedenkrede nach dem Tod gesagt werden soll, weil sie sich nur mit der Vergangenheit oder der Gegenwart beschäftigen, sich aber nicht trauen, die Zukunft in das Gesamtbild ihres Lebens einzuplanen.«

»Außerdem denkt kaum jemand gern über den eigenen Tod nach«, warf Fjodor ein. Jegor hob den Finger, um anzudeuten, dass nun ein wichtiger Aspekt zu bedenken sei. »Aber genau darin liegt der Schlüssel, immer wieder neue Motivation zu finden, um sein Leben im Sinn seiner Bestimmung zu führen sowie seine Vorhaben ernsthaft zu verfolgen.

Wenn dir die ›Weiße Gabe‹ zu entgleiten droht, frage dich selbst: ›Was soll in dieser Rede für mich einmal vorkommen?‹ Nimm dir feste Zeitintervalle vor, mindestens einmal in zehn Tagen, um über die für dich zu haltende ›Rede für die Ewigkeit‹ nachzudenken. Nimm eine Schnur, die so lang ist, dass man in sie zehn Knoten binden kann. Mache jeden Morgen einen Knoten hinein, erinnere dich dabei daran, dankbar dafür zu sein, dass dir dieser Tag geschenkt wurde. Wenn alle zehn Knoten gebunden sind, löse sie wieder auf, beginne von vorn. Vergiss dabei nicht, in diesem Moment an die Rede zu denken. Frage dich, ob die vergangenen Tage dazu beigetragen haben, dass die ›Rede für die Ewigkeit‹ in deinem Sinne weitergeschrieben wurde.

Ein guter Maßstab ist der Fortschritt bei der Verwirklichung deiner Vorhaben: Wie viel Zeit konntest du dafür aufbringen? Es wird Tage geben, an denen du viel an deinen Vorhaben arbeiten konntest, und Tage, die durch und durch mit anderen Pflichten verplant waren. Achte genau darauf, dass das Maß stimmt. Beides sollte in einem guten Gleichgewicht sein, Pflichterfüllung sowie die Umsetzung der eigenen Wünsche. Das sorgt dafür, dass deine Motivation und deine Kraft, Dinge voranzutreiben, auf Dauer erhalten bleiben.«

Viele Menschen sehen sie die Option nicht, eine eigene Wahl zu treffen.

Sie verweigern jegliche Erkenntnis über ihre wahren Bedürfnisse und Fähigkeiten. So wie sie ihr Leben führen, machen sie niemanden glücklich, nicht einmal sich selbst.

## Die Frau, die nicht ihrer Bestimmung folgte

Trotz der vielfältigen Aufgaben, die regelmäßig anstanden, damit sie gut versorgt, satt und warm den Tag verbringen konnten, wurden die Abläufe zunehmend routiniert und damit langweilig. Die Zeit zog dahin, ohne dass sich etwas Besonderes ereignete. Fjodor war es langsam leid, den ganzen Winter in der Höhle festzusitzen. Er sehnte sich nach neuen Eindrücken und ein wenig mehr Gesellschaft. Tatsächlich sollte es nicht mehr lange dauern, bis etwas Unvorhergesehenes geschah.

Mitten in einem dichten Schneegestöber aus dicken Schneeflocken, nahm er ungewohnte Geräusche in der Nähe des Höhleneingangs wahr. Eine Gruppe Nachtkrähen war durch irgendetwas aufgeschreckt worden, sodass sie sich mit lautem Krächzen aufgeschwungen hatten, um sich in Sicherheit zu bringen. Sofort sprang er auf, griff nach seinem Messer, um gleich kampfbereit zu sein. Ohne Zweifel nährte sich eine große, pelzige Gestalt dem Eingang.

»Jegor, uns greift etwas an!«, rief er ins Innere der Höhle, um seinen Mentor zu warnen, der ganz hinten im Dämmerlicht mit den eingelagerten Lebensmitteln beschäftigt war. Sofort eilte der Mann herbei, die Armbrust schnell über die Schulter geworfen, die Bolzen in der Hand. Während Fjodors ungeübte Augen nur schemenhafte Umrisse erkannt hatten, bemerkte der Schamane gleich:

»Das ist ein Mensch. Anders als ein Tier läuft er auf zwei Beinen, benutzt Stöcke, um sich zu stützen. Nimm vorerst dein Messer herunter. Wenn keine Gefahr droht, wäre es ein sehr ungastlicher Empfang.« Er legte besänftigend seine Hand auf den halb ausgestreckten Arm des Jungen. »Wer bei diesem Schneesturm allein unterwegs ist, hat nicht die Kraft, gleich anzugreifen.«

Als der Fremde erkannte, dass zwei Männer am Eingang der Höhle aufgetaucht waren, hob er zum Gruß die Hand, während er näher kam. Eingehüllt in einen dicken Fellmantel, mit einem großen Bündel auf den Rücken geschnallt, stapfte er durch den tiefen Neuschnee, wobei er nur langsam vorankam. Es dauerte noch eine ganze Weile, bis er bei ihnen angekommen war. Jegors Züge hatten sich inzwischen weiter entspannt, nun entdeckte Fjodor tatsächlich ein Lächeln auf dessen Gesicht. Kannte er die gerade eingetroffene Person? Mit weit geöffneten Armen trat der Schamane einen Schritt aus dem Dämmerlicht des Höhleneingangs heraus, um den Gast in Empfang zu nehmen.

Die beiden waren anscheinend alte Freunde, denn sie fielen sich zur Begrüßung in die Arme, verweilten einen Moment so, um dann Arm in Arm in die Höhle einzutreten. Wie erwartet, war der Fremde erschöpft, außer Atem und froh, sich erst einmal am Feuer niederlassen zu können. Jegor brachte einen Becher heißen Tee, dann stellte er seine neue Familie vor. »Corina, du kennst meine neuen Begleiter noch nicht. Das ist mein Neffe Fjodor, der Kleine dort vorn ist mein Großneffe Marius. Sie haben sich mir angeschlossen«, er wandte sich um zu Fjodor: »Unser Gast ist Corina Loris, ich kenne sie seit einer Ewigkeit, doch inzwischen muss es Jahre her sein, seit wir uns das letzte Mal begegnet sind.«

Fjodor war überrascht: Der fremde Besucher sollte eine Frau sein? Sie musste an seinem Gesichtsausdruck erkannt haben, dass er damit nicht gerechnet hatte, denn sie lächelte ihn an und wickelte die Tücher von ihrem Kopf, den sie so vor dem Schnee zu schützen versucht hatte. Als sich Fjodor bewusst wurde, das er den Mund offen stehen hatte, machte er ihn wieder zu und lächelte zurück. Auch das Interesse von Marius war geweckt. Er ging zu Jegor herüber, um die Frau, geschützt von den Armen seines Ziehvaters, genauer zu betrachten. Sie hatte langes, braunes Haar, durchzogen von einzelnen grauen Strähnen. Ihre Haut war gegerbt von der Sonne, sie schien sich viel im Freien, in den Höhenlagen des Kemutikon Gebirges aufzuhalten. Sie war kleiner als Jegor, vermutlich auch etwas älter. Corina erinnerte ihn an Ulrika, vielleicht stammte sie aus einer ähnlichen Gegend, südliches Brugau Land, vermutete er. Ihre blauen Augen sahen etwas stumpf aus, was jedoch durchaus an ihrer momentanen Erschöpfung liegen konnte.

Jegor schüttelte den Kopf, als er zu Corina gewandt sagte: »Was hat dich hierher in diese Gegend verschlagen? Wie hast du uns in diesem Schneesturm gefunden?« Corina senkte den Blick, als sie antwortete: »Zu euch hat mich der Zufall geführt. Ich war auf der Suche nach einem Unterschlupf vor dem Sturm, hatte gehofft, an dieser Felswand eine Höhle oder einen Spalt zu finden, der mir Deckung geben kann.

Als ich nah genug herangekommen war, um die Höhle zu erkennen, hatte schon damit gerechnet, dass sie nicht unbewohnt wäre. Allerdings hatte ich mehr mit einem Bären oder Kemutikonschakal gerechnet, als mit euch. So wie es aussieht, hatte ich Glück. Ein Schakal hätte mir wohl kaum einen Platz am Feuer angeboten und mich mit Tee versorgt.« Sie lächelte schwach, dann fuhr sie fort: »Ich bin im Herbst am nördlichen Handelshof bei der Transitstrecke aufgebrochen, um zurück ins Brugau Land zu laufen. Ich brauche neue Waren für den Verkauf im Frühjahr. Außerdem wollte ich zumindest einen Teil des Winters in meinem Dorf verbringen. Ich habe meine Familie seit vielen Monden nicht gesehen. Lea, meine kleine Tochter, ist inzwischen siebzehn Jahre alt, sie soll bald heiraten.«

Nach einer Pause fuhr sie fort: »Ich war allein unterwegs, als mich ein Schneebär entdeckte. Er setzte sich auf meine Fährte, hätte mich fast eingeholt. Zum Glück habe ich rechtzeitig bemerkt, dass mir etwas folgt. Ich habe die Richtung geändert, um einen der großen Gebirgsbäche zu überqueren, die später in den Micelora münden. Dadurch bin ich viel zu weit nach Norden gezogen, war zu hoch in den Bergen, als der Schneefall einsetzte. Mir blieb nichts anderes übrig, als so gut es ging weiterzulaufen. Ihr seid die ersten Menschen, denen ich seit Wochen begegnet bin.«

Jegor hatte in der Zwischenzeit eine kräftigende Suppe zubereitet und hielt der Besucherin eine große Schüssel davon hin. Sie aß gierig alles auf, dann übermannte sie die Müdigkeit. Fjodor half Jegor dabei, ihr ein Nachtlager zu richten, in das sie sie vorsichtig betteten, ohne sie aufzuwecken. Sie schlief den Rest des Tages und die komplette Nacht durch. Erst am kommenden Morgen erwachte sie zusammen mit den anderen.

Sie blieb viele Tage lang, aß mit ihnen, begleitete Jegor auf die Jagd, verbrachte gelegentlich Zeit allein mit ihm in der Höhle, während Fjodor und Marius mit einer Aufgabe für einige Stunden fortgeschickt wurden. Sie half, wo es nur möglich war und wurde zu einer angenehmen Gesellschaft, auch für den kleinen Marius. Jegor hatte Fjodor gleich zu Beginn ermahnt, ihr nicht zu viel Fürsorge für den kleinen Jungen zu übergeben, da sie nicht lange bei ihnen verweilen würde. Ein erneuter Abschied von einer liebgewonnenen Frau sollte für Marius keinen zu großen Verlust bedeuten. Deshalb achteten die beiden Männer darauf, dass sie so viel Zeit wie möglich mit dem Jungen verbrachten und es genügend Gelegenheiten gab, bei denen sie sich ohne die Gesellschaft von Corina mit ihm beschäftigten.

Im Laufe der Zeit hatten sie einige interessante Gespräche mit der Frau geführt, konnten viel über sie erfahren. Ihr körperlicher Zustand hatte sich schnell gebessert, weil sie bei ihnen ausreichend Schlaf und gutes Essen bekam. Der Schleier der Erschöpfung in ihren Augen war allerdings immer noch da. Fjodor hatte versucht, etwas darüber herauszufinden, was sie antrieb, welche Vorhaben sie verfolgte und aus welchem Grund sie das tat.

Sie hatte viel von ihrem Leben berichtet: »Bei uns im Brugau Land leben wir mit unseren Familien in kleinen Dörfern. Jeder hat seine Aufgabe, doch alle kümmern sich umeinander. Anders als bei den Gebirgsleuten ist der Mann der Familienvorstand. Die meisten Frauen gehen keiner besonderen Tätigkeit nach, sie tragen Sorge für das Haus und die Familie, arbeiten ihrem Mann zu, stellen Waren her und begleiten ihn auf Märkte, um diese Waren zu verkaufen. Die meisten Familien treiben Handel in Esnerob, an der Grenze zwischen Schattenwald und Seraphil. Doch mein Mann hatte sich entschieden, unsere Waren zu den Gebirgsleuten an den nördlichen Handelshof zu bringen, es schien lukrativer zu sein, weil dort weniger Händler mit vergleichbaren Dingen vertreten waren. Gleichwohl waren die Reisen mit ihm dorthin beschwerlich, die Kälte hat uns zugesetzt, so strenge Winter gibt es im Brugau Land nicht.

Als unsere Tochter geboren wurde, blieb ich drei Jahre lang in unserem Dorf zurück. Drei wundervolle Jahre in einer starken Gemeinschaft. Ich konnte sehen, wie mein kleines Baby aufwuchs, hatte immer nette, hilfsbereite Gesellschaft. Doch dann, nach einem besonders strengen Winter, kehrte mein Mann nicht zurück. Ich wartete viele Monde auf ihn, niemand hatte ihn gesehen und niemand konnte ihn finden. Ich saß dort, mit meiner Tochter und einem Haus voller Waren, hatte aber keine Möglichkeit, sie einzutauschen. So blieb mir nichts anderes übrig, als im kommenden Frühjahr alles auf einer Schleppe zu verstauen, um mich selbst auf den Weg in die Berge zu machen. Lea blieb bei den Familien in meinem Dorf zurück, die sich gut um sie kümmerten. Seit dieser Zeit ziehe ich in jedem Jahr zeitig los, verbringe den Sommer am nördlichen Handelshof, um im Spätjahr zurück nach Hause zu wandern. Ich bin dieses Leben inzwischen so leid. Ich sehe mein Kind fast nie. Ich bin für sie fast eine Fremde. Viele Wochen ziehe ich allein umher ohne die Gesellschaft anderer Menschen. Den ganzen Sommer über muss ich mich mit den anderen Händlern am Handelshof messen lassen. Die Sitten dort sind rau, die Verhandlungen hart. Die meisten Kunden versuchen, die Preise zu drücken. Es wird von Jahr zu Jahr schwieriger, genug Gewinn zu erwirtschaften. Doch ich habe keine andere Wahl. Ich muss für meine Tochter sorgen. Dafür muss ich dieses Opfer bringen. Was sollte ich sonst auch tun, es ist mein Schicksal, dass ich den Platz meines Mannes eingenommen habe.«

Wenige Tage nach diesem Gespräch wurde sie zunehmend unruhig. »Sobald es anfängt zu tauen, werde ich aufbrechen. Mein Weg ist noch weit.« Nur zwei Wochen später packte sie ihren Besitz zusammen, verabschiedete sich und zog davon. Jegor sah ihr mit sorgenvollem Blick nach, Marius weinte. Fjodor war überrascht, warum sie die Entscheidung getroffen hatte, so bald aufzubrechen. Er hatte nicht herausgefunden, welcher Bestimmung sie folgte. Sie wirkte auf ihn vielmehr angetrieben von Gründen, die von außen kamen, die ihr selbst nicht gefielen, denen sie sich jedoch kritiklos unterordnete.

Am ersten Abend, den sie nun wieder zu dritt verbrachten, sprach er seinen Mentor darauf an. »Ich habe das Gefühl, dass Corina sehr unglücklich ist, nicht nur damit, wie ihre Reise in diesem Winter verlaufen ist, sondern mit ihrem ganzen Leben. Sie war nicht bereit, über ihre Wünsche und Vorhaben zu sprechen, hat nichts über ihre wahre Bestimmung erzählt. Du kennst sie nun schon viele Jahre, warum hast du ihr nichts von der ›Weißen Gabe‹ erzählt, ihr geholfen, einen Sinn in ihrem Lebens zu finden?« Jegor blickte ihn traurig an, wandte den Blick dann in die Flammen des Lagerfeuers, als er antwortete: »Ich habe es versucht, mehr als einmal. Doch sie war nie bereit, zuzuhören. Sie versteckt sich die ganze Zeit hinter ihren Pflichten, die sie denkt, erfüllen zu müssen. Sie glaubt fest daran, dass sie keine Wahl hat.«

Fjodor war überrascht: »Aber sie hatte doch viele Möglichkeiten: Sie hätte sich anderen Familien anschließen können, um ihre Ware in Esnerob verkaufen zu können. Sie hätte einen neuen Mann finden können, bei sich im Dorf bleiben und sich eine andere Tätigkeit suchen können. So hätte sie ihre Tochter aufwachsen sehen können. Nun kennt sie sie kaum. Nur durch Gold wird sie das Leben von Lea nicht zum Guten wenden. Das Mädchen hätte sicherlich lieber seine Mutter bei sich gehabt.« Jegor seufzte: »Das alles ist richtig. Selbst jetzt noch hätte sie in jedem Jahr erneut die Wahl, etwas zu ändern. Sie könnte sich mit anderen Händlern zusammenschließen, so wie die Karawane, die wir im vergangenen Winter begleitet haben. Oder die Waren anderen aus ihrem Dorf zum Verkauf mitgeben. Sicherlich hätten die Menschen dort einen Weg gefunden, sie zu unterstützen: es ist eine starke Gemeinschaft. Sie hätte sich ganz einfach entscheiden können, bei uns zu bleiben. Heute und bereits vor vielen Jahren, als ich sie kennenlernte. Viele Menschen sehen die Option nicht, eine eigene Wahl zu treffen. Sie verweigern jegliche Erkenntnis über ihre wahren Bedürfnisse und Fähigkeiten. So wie sie ihr Leben führen, machen sie niemanden glücklich, nicht einmal sich selbst. Vielleicht gelangt Corina eines Tages an den Punkt, sich selbst zu fragen, was sie sich wünscht. Vielleicht auch niemals. Das kann niemand für sie übernehmen oder es erzwingen.«

Fjodor schüttelte den Kopf: »Es ist schade, dass sie nicht zuhört, dass sie nicht dankbar sein kann. Ich weiß jetzt um so mehr, wie glücklich ich mich schätzen kann, dass du mir einen Weg gezeigt hast, wie ich mein Leben anders führen kann. Ohne dich wäre ich ebenso verzweifelt in der Gesellschaft meiner Sippe unterwegs, bei meinen Brüdern, die mich weder respektieren noch lieben.«

Du kannst selbst bestimmen, wen du in deinen Gedanken um Rat fragen willst: dir bekannte Personen, Vorbilder, deine zukünftigen Enkelkinder, bereits verstorbene Personen oder Figuren aus einer Geschichte, die du einst gehört hast.

## Der innere Mentorenrat

Fjodor hatte viel über Corina, ihr selbst gewähltes Leben und das Schicksal, das ihr dadurch beschieden war, nachgedacht. Es schien ihm so, als wäre sie nicht offen dafür, die einmal gewählte Sichtweise infrage zu stellen. Es gab für sie einfach keine Alternativen zu der Entscheidung, die sie einst getroffen hatte.

Bisher hatte er sich selbst stets entzweit gefühlt: Durch seine Jugend im Schattenwald war er kein richtiger harter Gebirgsmann geworden. Doch auch dort hatte er nicht dazugehört, denn die Tradition seiner Familie war zu sehr bestimmend gewesen, als dass er sich dort hätte einbringen können. Zum ersten Mal kam ihm nun der Gedanke, dass es vielleicht auch Vorteile gab, die dieser Stand zwischen zwei Kulturen mit sich brachte. Es fiel ihm wesentlich leichter als etwa einem seiner Brüder, die Sichtweise zu ändern, eine Situation aus einer anderen Perspektive zu betrachten.

Er hatte Jegor davon erzählt, als sie auf einem Ausritt mit den Pferden waren, um zu überprüfen, ob die Witterung andauernd mild genug geworden war, sodass sie bereits das Winterlager abbrechen konnten.

Jegor hatte wie so oft einen zusätzlichen Rat für seinen Schützling: »Du hast inzwischen herausgefunden, dass du in deinem Leben stets über die verschiedenen Aufgaben, die du erfüllst, mit unterschiedlichen Menschen verbunden bist. Jede dieser Verbindungen führt zu einer individuellen Perspektive auf alle deine Entscheidungen. So kann ein Wechsel der Sichtweise helfen, das Für und Wider abzuwägen.

Damit es einfacher wird, den Überblick zu behalten, welche Argumente und Gefühle durch welche Aufgabe hervorgebracht werden, kannst du dir vorstellen, dass jeder Faden zu einer konkreten Person führt. In einigen Fällen ist das tatsächlich so. Für die Verbindung mit meinem Schüler stehst du als Individuum. Für die Gemeinschaft der Schamanen der Berge hingegen gäbe es viele Menschen. Dennoch stelle ich mir immer meinen guten Freund Borislav als Ansprechpartner vor, wenn es um die Sichtweise der Schamanen geht. Natürlich kann ich diesen Freund nicht in Wirklichkeit um Rat bitten, er ist weit von mir entfernt in einem anderen Teil der Berge unterwegs. Bei einer anstehenden Entscheidung kann ich mir aber überlegen, was er mir raten würde, ebenso wie jeder einzelne der Menschen, mit denen ich verbunden bin. Auf diese Weise mache ich sie alle zu meinen inneren Mentoren, deren Stimme ich fast im Geist hören kann.«

Fjodor war nicht sicher, ob er richtig verstanden hatte, worum es dem Schamanen ging. »Du meinst, ich könnte mir vorstellen, mit Ulrika zu reden, ihr Fragen zu stellen und ihre Antworten zu hören. Allerdings sind es nicht wirklich ihre Ratschläge, sondern meine eigenen Ideen und

Empfindungen. Diese nehmen dann die Perspektive ein, dadurch dass ich eine spezielle Verbindung zu ihr habe.«

Jegor nickte lächelnd: »Du kannst du selbst bestimmen, wen du in deinen Gedanken um Rat fragen willst: dir bekannte Personen, Vorbilder, deine zukünftigen Enkelkinder, bereits verstorbene Personen oder Figuren aus einer Geschichte, die du einst gehört hast. Es geht darum, sich selbst in die Denkweise, Einstellung und Situation der Mentoren hineinzuversetzen und zu versuchen, das Problem aus ihrer Perspektive zu betrachten. Dadurch steht dir jederzeit, selbst wenn du allein bist, ein großer Kreis an Ratgebern zur Verfügung. Du hast dir damit einen eigenen, inneren Mentorenrat geschaffen.«

Erzähle anderen von deiner Bestimmung und deinen Zielen.

Dadurch findest du Personen, die
bereit sind, dir Türen zu öffnen.
Es wirkt sehr faszinierend, wenn
man Menschen trifft, die ihre
Ziele kennen, und es bereitet
unheimlich Freude, jemanden bei
so etwas Wichtigem wie der Verwirklichung eines echten
Wunsches zu unterstützen.

## Mentoren finden, Mentor sein

Bei ihrem Erkundungsritt waren sie zu dem Schluss gekommen, es bestünde noch immer die Gefahr, dass viel Neuschnee fallen könnte. Es war vernünftiger, mit einem Stapel Brennholz und einigen frisch geangelten Fischen in die Höhle zurückzukehren, um weiter abzuwarten. Marius und Fjodor hatten gehofft, dass sie endlich wieder auf Wanderschaft gehen konnten. Sie vermissten die neuen Eindrücke der sich verändernden Landschaft und die Gesellschaft zufällig den Weg kreuzender Menschen. Nun mussten sie weiterhin Geduld aufbringen, um das Beste aus den kommenden Tagen im Winterlager zu machen.

Jegor hingegen schien nach wie vor in sich zu ruhen, jedenfalls ließ er sich nicht anmerken, ob auch er lieber aufgebrochen wäre, statt weiter in der Nähe der Höhle zu verharren. Statt sich der Trübsal des langweiligen Winters hinzugeben, nutze er die Abende am Feuer im Schutz der Höhle, um seinen beiden Schülern Geschichten vom Leben als Bergschamane zu erzählen. Zwar fachte es die Sehnsucht nach dem Leben in der Gesellschaft einer Karawane umso mehr an, doch die positive Wirkung, die die spannenden Geschichten auf ihr Gemüt hatten, überwog dies bei Weitem.

Seine Erzählungen waren stets unterhaltsam, doch meist auch lehrreich. Sie handelten von der Karawane der Greise aus Olurea, von den fünf Brüdern, die alle in dasselbe junge Mädchen verliebt gewesen waren. Er erzählte von einer mysteriösen Krankheit, die kein Schamane der Berge zu heilen vermochte. Doch eine alte Frau aus Mirulon mixte einen besonderen Kräutertee, wodurch die gesamte Karawane binnen Stunden gesund wurde. Jegor berichtete auch von seinem ersten Jahr, als er sich den Heilern angeschlossen hatte, und wie er dort seinen Lehrer gefunden hatte. Damit verknüpfte er eine weitere Lektion für Fjodor. »Was bringt andere Menschen dazu, dir bereitwillig und meist sogar ohne Gegenleistung zu helfen?« Fjodor dachte nach. »Wenn ich in einer besonderen Notsituation wäre, ließen sich hoffentlich hilfsbereite Personen finden.« Jegor entgegnete: »Das wäre in der Tat wünschenswert. Doch ich meine nicht einen konkreten Notfall.

Was denkst du, hat meinen Lehrer bewogen, mich auszubilden? Es war nicht seine Pflicht, sein Wissen an einen Fremden weiterzugeben.«

Fjodor überlegte weiter. »Vielleicht hat er erkannt, wie wichtig es für dich sein würde, wie sehr es deinem Wunsch entsprach, zu lernen?«

Jegor nickte. »Du bist sehr klug, Fjodor. Ich habe ihm erzählt, was ich zu meiner Bestimmung herausgefunden hatte. Michail Bogdanov hat verstanden, dass es mein ernsthaftes Verlangen war, von ihm zu lernen. Er hat sich von meiner Begeisterung anstecken lassen. Mehr noch, er hat dafür Sorge getragen, dass auch andere mich unterstützten. Wenn wir anderen Karawanen begegnet sind, die ebenfalls von Schamanen der Berge begleitet wurden, hat er mich vorgestellt, vermittelt, wie wichtig mir der Erwerb der Heilkunst war, sodass auch diese Männer ihr Wissen bereitwillig mit mir geteilt haben.

Erzähle anderen von deiner Bestimmung und deinen Zielen. Dadurch findest du Personen, die bereit sind, dir Türen zu öffnen. Es wirkt sehr faszinierend, wenn man Menschen trifft, die ihre Ziele kennen, und es bereitet unheimlich Freude, jemanden bei so etwas Wichtigem wie der Verwirklichung eines echten Wunsches zu unterstützen.

Gleichzeitig wirst du zum Mentor für diejenigen, die selbst noch keinen Plan für die Erfüllung ihres Lebens gefasst haben, weil sie dich zum Vorbild nehmen können, um selbst über ihre Bestimmung nachzusinnen.«

Fjodor stellte sich vor, wie es eines Tages sein würde, wenn er allein zu einer Karawane stoßen sollte, wie er dabei die Gespräche mit den Karawanenführern einleitete. Es erschien ihm nicht so leicht, einen Fremden in die innigsten Wünsche einzuweihen. »Fällt es dir nicht schwer, dich Fremden gegenüber zu offenbaren, dabei über die eigene Bestimmung und sehnlichsten Wünsche zu reden?«

»Sei mutig, Junge«, ermunterte ihn Jegor. »Es ist die beste Gelegenheit, die du haben wirst, um dich weiterzuentwickeln und Freunde zu finden. Wenn du das Vertrauen aufbringen kannst, über sehr persönliche Dinge zu sprechen, wird dein Gegenüber dies leicht erwidern. So lernt ihr euch schneller kennen, als wenn jeder zuerst verstecken möchte, was ihm wirklich wichtig ist, nur um die alten Sitten zu wahren.

Überlege, was die Alternative wäre: Eine belanglose Bekanntschaft, die nur einen kurzen gemeinsamen Wegabschnitt dauert. Daraus würde kein intensiver Austausch entstehen und keine Begeisterung, dich bei deinen Vorhaben zu unterstützen. Probiere es aus, es ist leichter, als es scheint.

Führe die Überlegung noch weiter. Wenn du beabsichtigst, dich für längere Zeit einer Karawane oder einer anderen Gruppe anzuschließen, prüfe, ob ihre Ziele und Vorhaben mit deiner Bestimmung in Einklang zu bringen sind. Nur wenn ihr auf gemeinsame Ergebnisse hinarbeitet, könnt ihr euch so ergänzen, dass ein echter Ertrag für alle entsteht. Wenn die Vorhaben sich stark unterscheiden sollten oder vielleicht deinen Wünschen sogar entgegenstünden, wird sich bald herausstellen, dass entweder du oder die anderen durch die Verbindung mehr verlieren als gewinnen werden, vielleicht gereicht es sogar beiden nur zum Nachteil. Offene und ernsthafte Gespräche so früh wie möglich zu führen, kann dich daher vor großem Schaden bewahren oder dir Türen öffnen, die dich bei der Umsetzung deiner Vorhaben beflügeln.«

## Nachwort

Fjodor ist ein wissbegieriger Schüler, der für die Lehren seines Mentors offen ist und so einen Weg findet, sein Leben eigenverantwortlich und zielgerichtet zu planen.

Das, was dieser junge Mann verinnerlicht hat – fern im Kemutikon Gebirge, einem Land, das einer Fantasy-Saga entsprungen ist – wird wegweisend für den Fortgang seiner persönlichen Geschichte sein.

Was machen die hier niedergeschriebenen Worte mit uns, den Lesern? Sie unterhalten uns, hoffe ich, denn das ist der Zweck einer Novelle.

Vielleicht machen sie aber auch mehr: Ich würde mir wünschen, dass einige die Ideen aufgreifen, um sie ins eigene Leben zu transportieren.

Ist es nicht sinnvoll, für sich selbst zu erkennen, was man im Laufe des eigenen Lebens erreichen, erleben oder vermitteln möchte?

Kann man nicht eine neue Freundschaft viel freier und offener schließen, wenn man sich gegenseitig bei der Erfüllung eines Herzenswunsches oder eines besonderes Vorhabens helfen kann?

Wäre es nicht ein erfülltes Leben, wenn die eigenen Wert- und Moralvorstellungen, die Definition, was man zu dieser Welt beitragen möchte, in Einklang mit dem ›Mission Statement‹ des Unternehmens stünde, für das man arbeitet oder bei dem man sich bewirbt?

Finden Sie es heraus!

Ihre Eva-Marie Baron

Wenn Sie mir zu diesen Gedanken eine Rückmeldung geben oder für die Entdeckung Ihrer persönlichen Bestimmung einige Anleitungen, Übungen und Arbeitsblätter erhalten möchten, besuchen Sie uns im Internet:

**https://www.vissalya.de/bergschamanen/**

Zeitfracht Medien GmbH
Ferdinand-Jühlke-Straße 7
99095 Erfurt, Deutschland
produktsicherheit@kolibri360.de